劉毅一口氣英語 第一期濟南師訓

中國教育聯盟千人校長合影

劉毅老師頒發授權書給牛主席

「中國教育聯盟」牛新哲主席說，劉毅老師是一個執著一生教研的英語名師，一個培養無數後進的英語教學泰斗。他是一個寶山等著⋯⋯也是一座燈塔，指引你

劉毅老師與受訓老師合影

- ◆ 在大連，趙艷花校長「學爾優教育」學生從1,000多人成長到2,000多人。
- ◆ 在西安，「普菲克教育培訓中心」張簡偉校長讓數千名學子成功的學習了「一口氣英語」。
- ◆ 在荊州，「英華外國語學校」王景輝校長初試啼聲，就招了700多人。
- ◆ 在廣州，吳錫明校長到台灣參訪後，回去開辦「一口氣系列」，成果斐然。
- ◆ 在四川，「東方英語」王小紅校長推行「一口氣演講」，讓家長看到孩子的進步，獲得極大的迴響與感動。

劉毅一口氣英語 第二期鄭州師訓

　　2014年5月28日，來自全大陸20多個地區，50多位教育界的精英，齊聚鄭州，開始了為期三天的知識盛宴。此次培訓在學員們依依不捨和意猶未盡中圓滿閉幕，老師們帶著滿滿的收穫踏上了回家的旅程，相信參會的老師也會將所學的知識，分享給學校的家人們，為給孩子們帶來更好的教育而努力。

劉毅老師與受訓老師合影

　　本次培訓真可謂高潮迭起，「學爾優教育」趙艷花校長、「領路教育」何炳云（Windy）老師和李麗莎（Lisa）老師，帶著滿腔的熱情，將自己多年積累的經驗，和新的教學理念全面的和學員分享、交流。學員們也用最好的狀態，學習講師們傳授的知識，整個培訓熱情而積極。

　　「一口氣英語」的創始人劉毅老師，更是從台灣趕來，為大家的學習助威，給學員們分享「一口氣英語」的精髓，讓孩子將來能說英語、會說英語、敢說英語，徹底改掉「啞巴英語」。

劉毅老師不斷創新，感動無數校長

劉毅老師矍鑠健談，舉止生風，如同他的「一口氣英語」一樣，散發著青春的蓬勃朝氣。2014年3月，在濟南年會上驚艷亮相，累積了大片人氣的台灣「一口氣英語」，大連年會人氣爆增，由劉毅老師和蔡琇瑩老師做實地分享。「一口氣英語」是台灣名師劉毅老師獨創發明，以口說英語為主的學習方法。

劉毅老師在南寧舉辦「一口氣英語千人講座」盛況

「一口氣英語」根據最科學的分析，和實際檢測的背誦經驗，以特殊的組合，將道地的美國日常生活口語，經過特殊編排，以三句一組，九句一段，只要在五秒內背完九句，就會變成直覺反應，終生不會忘記。

隨著大陸高考改革的不斷推進，英語考試中，聽力及口語比重的不斷上升，學生最需要的，就是這種快速鍛鍊實際口語能力的課程。相信乘著這些利好政策的東風，「一口氣英語」一定能燃起大陸英語培訓的新熱潮。

「一口氣英語」明星講師榮譽金榜

▲ 濟南全國師訓 2014.3.17
團體獎第一名：領路集團

▲ 鄭州全國師訓 2014.5.28
團體獎第一名：康克教育

▲ 鄭州全國師訓 2015.4.15
一口氣英語合格講師

◀ 大連全國師訓 2014.10.28
第一名：上海洛基英語 翁祖華 (左二)
第二名：大連百家教育 任慶珍 (中間)
第三名：山東朝陽教育 隋雨真 (右二)
　　　　大連學爾優國際教育 趙國軍 (右一)

▲ 福州全國師訓 2015.12.13
第一名：台灣傑出教育集團
　　　　陳伯宇總裁 (左一第3位)
第二名：大連學爾優教育 姚月老師 (左二第2位)
第三名：領路教育集團 何炳云教務長 (右二)

表演獎：福州沖聰教育 劉偉老師 (右一)
團體獎：大連學爾優教育
　　　　趙艷花校長團隊 (左二)

▲ 廣州全國師訓 2015.5.15
一口氣英語合格教師

▲ 長沙全國師訓 2016.10.17
一口氣英語合格教師

超出範圍的課文阻撓學習

有些高中英文課本超出 7000 字範圍，如某高一版本的 immunoglobulin A（免疫球蛋白 A）、bobble（快速擺動）、moutza（灰；灰燼）、makeshift（湊和的）、downcast（垂頭喪氣的）、nostalgically（懷舊地）、auspicious（吉利的），這些字變成學習的障礙。

英文有 17 萬 1746 個字，美國大學畢業生會四萬多字，每個字又有多個意思，怎麼背得完？**背 7000 字是最佳的選擇。** 把大考中心公布的「高中常用 7000 字」徹底背好，再選擇 7000 字範圍內的文章或試題閱讀，進步才快。學習出版公司配合出版「7000 字模擬試題」、「7000 字克漏字」、「7000 字閱讀測驗」、「7000 字文意選填」等，讀每份試題都是在複習單字。

7000 字還是很多，一天背 10 個，不等於一年背 3650 個，因為背到後面就忘掉前面，每冊課本 12 課，一課 20 幾個單字，參雜著永遠背不起來的單字，讓同學痛苦萬分。「一分鐘背 9 個單字」以三字為一組，9 字為一回，一個 Unit 九回共 81 個字，**用背單字不背字母的方式，快速把單字背完。** 設定目標，報名參加「全國高中英文單字大賽」，你就背的更快了。

有人問，怎麼可能一分鐘背 9 個字？下面單字你背背看：

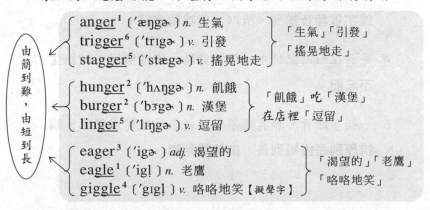

經過巧妙安排，難的單字就變得簡單。

劉　毅

【本書使用方法】

1. 所有字彙以「高中常用 7000 字」為範圍，依照難
   易程度，分為六級，第一級最簡單，第六級最困難，
   如 robber[3]，為第三級單字。

2. 每個 Unit 九組單字中的第一個字，組成密碼，如：

   > 1. *robber*→2. *dominate*→3. *rival*
   >   強盜 控制了對手
   > 4. *resident*–5. *youngster*– 6. *diplomat*
   >   對手包含居民、年輕人、外交官
   > 7. *violation*→8. *fund*→9. *cell*
   >   強盜違反 基金法律，被送入牢房

3. 每一組九個字，當成一個字來背，**主要是按照字尾
   或字首發音排列**，所以，會唸就會寫。

4. 先放在短期記憶中，**不斷背熟，變成直覺，就終生
   不忘記**。

5. 一個字難背，和其他字比較起來，就變成簡單，編
   排原則是由短到長，由簡單到難。

UNIT 1

Unit 1

【整體記憶密碼】

> *1. robber* → *2. dominate* → *3. rival*　　強盜 → 控制 → 對手
> *4. resident* – *5. youngster* – *6. diplomat*　　居民 – 年輕人 – 外交官
> *7. violation* → *8. fund* → *9. cell*　　違反 → 基金 → 牢房

1. robber

ro<u>bber</u>³ 〔'rɑbɚ 〕 *n.* 強盜【/ɑ/ 嘴巴張大】
fi<u>ber</u>⁵ 〔'faɪbɚ 〕 *n.* 纖維
ru<u>bber</u>¹ 〔'rʌbɚ 〕 *n.* 橡膠【/ʌ/ 打嗝音】

cha<u>mber</u>⁴ 〔'tʃembɚ 〕 *n.* 房間 ⎫
ti<u>mber</u>³ 〔'tɪmbɚ 〕 *n.* 木材 ⎬ 字尾是 mber
cucu<u>mber</u>⁴ 〔'kjukʌmbɚ 〕 *n.* 黃瓜 ⎭

l<u>umber</u>⁵ 〔'lʌmbɚ 〕 *n.* 木材 (= *timber*) ⎫
pl<u>umber</u>³ 〔'plʌmɚ 〕 *n.* 水管工人【注意發音】 ⎬ 字尾是 umber
outn<u>umber</u>⁶ 〔 aʊt'nʌmbɚ 〕 *v.* 比…多 ⎭

【說明】

　　第一組的 *robber* 是「強盜」，動詞是 rob「搶」，通常「子音＋母音＋子音」，後面加上 er, ed 或 ing，都要重複子音。

The *robber* was arrested.（搶匪被逮捕了。）*rubber* 是「橡膠」，而「橡皮筋」則是 rubber band。This type of *fiber* is waterproof.（這種纖維是防水的。）robber 和 rubber 發音近似，一個 o 讀成 /ɑ/，嘴巴張最大，一個 u 讀成 /ʌ/，是 /ə/ 的重讀音。The maid is wearing *rubber* gloves.（佣人戴著橡膠手套。）特意排成：rob<u>ber</u>-fi<u>ber</u>-rub<u>ber</u>，完全為了好唸、好記。

　　第二組的 *chamber* 是「房間」（= *room*），He entered the *chamber*.（他進入房間。）He works in the *timber* industry.（他從事木材業。）I'll have the *cucumber* salad.（我要吃黃瓜沙拉。）cham<u>ber</u>-tim<u>ber</u>-cucum<u>ber</u> 特意把短的 timber 放中間，反倒好背。

　　第三組的 *lumber* 是「木材」，和 timber 是同義字，和 plumber 只差一個 p，但 *plumber* 中的 b 不發音，因為 plumb〔plʌm〕*v.* 接通水管，字尾 mb 後面的 b 不發音，如 bomb〔bɑm〕*n.* 炸彈、comb〔kom〕*n.* 梳子，climb〔klaɪm〕*v.* 爬 等。【詳見「文法寶典」不發音的字母】字尾是 mber 原則上 b 要發音，除非是詞類變化，如 climber〔ˈklaɪmɚ〕*n.* 登山者。*outnumber* 是「比…多」，字面的意思是「數目超出」，類似的還有 outdo「勝過」。lum<u>ber</u>-plum<u>ber</u>-outnum<u>ber</u> 唸三遍就可以記下來。

The construction workers ran out of *lumber*.
（那些建築工人用完了木材。）
The *plumber* fixed the pipe.（水管工人修理了水管。）
The boys *outnumbered* the girls.（男孩比女孩多。）

2. *dominate*

艱難單字一次背完！

dominate ⁴ 〔'dɑmə,net 〕 *v.* 控制 ⎫
nominate ⁵ 〔'nɑmə,net 〕 *v.* 提名 ⎭ 這兩個字只差一個字母
nominee ⁶ 〔,nɑmə'ni 〕 *n.* 被提名人

elite ⁶ 〔 ɪ'lit 〕 *n.* 菁英分子
eliminate ⁴ 〔 ɪ'lɪmə,net 〕 *v.* 除去 ⎫
terminate ⁶ 〔'tɝmə,net 〕 *v.* 終結 ⎭ 是同義字

illuminate ⁶ 〔 ɪ'lumə,net 〕 *v.* 照亮
discriminate ⁵ 〔 dɪ'skrɪmə,net 〕 *v.* 歧視
contaminate ⁵ 〔 kən'tæmə,net 〕 *v.* 污染

【說明】

　　第一組的 ***dominate*** 是「控制」，He ***dominated*** the game. (他控制了這次比賽。) 它的形容詞是 dominant ⁶ 〔'dɑmənənt 〕 *adj.* 支配的。***nominate*** 是「提名」，He was ***nominated*** to lead the meeting. (他被提名主持這項會議。) 它的詞類變化有：nomination ⁶ 〔,nɑmə'neʃən 〕 *n.* 提名，***nominee*** ⁶ 〔,nɑmə'ni 〕 *n.* 被提名人，dominate 和 nominate 只差一個字母，背一個等於背兩個。

　　第二組 elite「菁英分子；人才」，Only the ***elite*** can work here. (只有人才才能在這裡工作。) 再接 eliminate「除去」，eliminate 和 terminate 是同義字。***terminate***「終結；解

僱；暗殺」，He was *terminated*. 這句話的意思是「他被終結了。」可能是被開除，也可能是被暗殺。延伸字有 terminal [5] 〔ˈtɝmən!〕 *adj.* 最終的。*eliminate* 是「除去」，They want to *eliminate* waste.（他們要清除廢棄物。）它的同義字有：remove [3] 〔rɪˈmuv〕 *v.* 除去，abolish [5] 〔əˈbɑlɪʃ〕 *v.* 廢除。

　　第三組的 *illuminate* 是「照亮」，The room is *illuminated* by a lamp.（檯燈照亮這個房間。）它的延伸字有：illusion [6] 〔ɪˈluʒən〕 *n.* 幻覺，illustrate [4] 〔ˈɪləstret〕 *v.* 圖解說明，illustration [4] 〔ˌɪləsˈtreʃən〕 *n.* 插圖。*discriminate*「歧視」，People here never *discriminate* against foreigners.（這裡的人絕不歧視外國人。）它的名詞是 discrimination [6] 〔dɪsˌkrɪməˈneʃən〕 *n.* 歧視。*contaminate*「污染」，Processed foods are usually *contaminated*.（加工食品常常被污染。）它的同義字有：pollute [3] 〔pəˈlut〕 *v.* 污染，infect [4] 〔ɪnˈfɛkt〕 *v.* 感染；傳染，stain [5] 〔sten〕 *v.* 弄髒。

　　第三組 illu<u>minate</u>-discri<u>minate</u>-conta<u>minate</u>，中文的意思是：照亮－歧視－污染，不好的東西「歧視」和「污染」，要特別「照亮」，讓大家知道。

il + lumint + ate
on + light + v.

dis + crimin + ate
apart + space + v.

【燈照在上面，即「照亮」】　　　　【保持距離，即「歧視」】
可參照「英文字根字典」p.274, 664

3. rival

只有這樣編排才背得下來！

rival[5] 〔ˈraɪvḷ〕 n. 對手
arrival[3] 〔əˈraɪvḷ〕 n. 到達　　都有 rival
festival[2] 〔ˈfɛstəvḷ〕 n. 節日；慶祝活動

revival[6] 〔rɪˈvaɪvḷ〕 n. 復甦
survival[3] 〔səˈvaɪvḷ〕 n. 生還　　字尾是 vival
carnival[6] 〔ˈkɑrnəvḷ〕 n. 嘉年華會

carnation[5] 〔kɑrˈneʃən〕 n. 康乃馨
donation[6] 〔doˈneʃən〕 n. 捐贈　　字尾是 nation
donate[6] 〔ˈdonet〕 v. 捐贈

【説明】

　　第一組的 ***rival*** 是「對手」，不容易背，但和 ***arrival***「到達」放在一起，就好背了。He is my ***rival***.（他是我的對手。）We are expecting your ***arrival***.（我們期待你的到達。）***festival*** 是「節日」，中國的節日，有些用 festival，如：the Lantern Festival「元宵節」、the Mid-Autumn Festival「中秋節」等。美國的「節日」通常都用 day，如：Father's Day「父親節」，New Year's Day「新年」。***festival*** 還當「節慶；慶祝活動」解，如：We went to a ***festival***.（我們去參加慶祝活動。）rival-arrival-festival 弄懂了以後，唸一遍就可記下來了。

　　第二組的 ***revival*** 是「復活；復甦；重新流行」，There has been a ***revival*** of old music.（老音樂又重新流行了。）它的動詞是 revive[5]〔 rɪˋvaɪv 〕v. 復活；復甦。***survival*** 是「生還；存活」，We are fighting for ***survival***.（我們為了生存而戰。）它的動詞是 survive[2]〔 səˋvaɪv 〕v. 生還。***carnival*** 是「嘉年華會」，字首是 car（汽車），這種活動通常有「汽車」載著美女跳舞。We went to a ***carnival***.（我們去參加嘉年華會。）rev<u>ival</u>-surv<u>ival</u>-carn<u>ival</u> 字尾都是 ival，唸三遍就可以記下來了。

　　配合上面的 carnival，接著是 carn<u>ation</u>-don<u>ation</u>-donate（康乃馨–捐贈–捐贈），中英文都可聯想。She loves ***carnations***.（她很喜愛康乃馨。）I made a ***donation***.（我有捐贈。）I ***donated*** ten thousand dollars to the Lion's Club.（我捐了一萬元給獅子會。）

4. *resident*

越背越快！

re<u>sident</u>[5]〔 ˋrɛzədənt 〕n. 居民
pre<u>sident</u>[2]〔 ˋprɛzədənt 〕n. 總統　　　字尾是 sident
dis<u>sident</u>[6]〔 ˋdɪsədənt 〕n. 異議份子

ac<u>cident</u>[3]〔 ˋæksədənt 〕n. 意外
in<u>cident</u>[4]〔 ˋɪnsədənt 〕n. 事件　　字尾是 cident
con<u>fident</u>[3]〔 ˋkɑnfədənt 〕adj. 有信心的

depe<u>ndent</u>[4]〔 dɪˋpɛndənt 〕adj. 依賴的
indepe<u>ndent</u>[2]〔 ˏɪndɪˋpɛndənt 〕adj. 獨立的　　反義字
correspo<u>ndent</u>[6]〔 ˏkɔrəˋspɑndənt 〕n. 通訊記者

【說明】

第一組的 *resident* 是「居民」，I'm a *resident* of Taipei. （我是台北的居民。）延伸的單字有：reside[5]〔rɪ'zaɪd〕v. 居住，residence[5]〔'rɛzədəns〕n. 住宅，residential[6]〔,rɛzə'dɛnʃəl〕adj. 住宅的。

president 是「總統；董事長；大學校長」，He is *president* of the company. （他是公司的董事長。）句中的 president 是職位，不加冠詞。延伸的單字有：preside[6]〔prɪ'zaɪd〕v. 主持，presidential[6]〔,prɛzə'dɛnʃəl〕adj. 總統的，presidency[6]〔'prɛzədənsɪ〕n. 總統的職位。

dissident 是「異議份子；意見不同者」，He is a political *dissident*. （他持有不同的政見。）同義字有：protester[4]〔prə'tɛstɚ〕n. 抗議者，rebel[4]〔'rɛbḷ〕n. 反叛者。

re + sid + ent	pre + sid + ent	dis + sid + ent
| | |	| | |	| | |
again + sit + 人	*before + sit + 人*	*apart + sit + 人*

【常常坐在某地不動的人，即「居民」】	【坐在前面的人，即「總統」】	【沒有坐在一起的人，即「異議份子」】

第二組的 *accident* 是「意外；意外事件；交通事故」，He had an *accident*. （他出了意外。）形容詞是 accidental[4]〔,æksə'dɛntḷ〕adj. 意外的。

UNIT 1

    incident 是「事件；事故；暴力事件」，He didn't know about the *incident*.（他不知道那件事。）它的形容詞是 incidental [6]〔ˌɪnsəˈdɛntl̩〕*adj.* 附帶的；偶發的【因為事故都是「偶發的」】，它的副詞很常用：incidentally〔ˌɪnsəˈdɛntl̩ɪ〕*adv.* 順便一提（ = *by the way* ）。

    confident 是「有信心的」，I'm *confident* we will win.（我有信心我們會贏。）為什麼形容詞 confident 後面可以接子句？凡是 sorry, glad, aware, surprised, delighted, disappointed, sure, confident 後接名詞子句，是一個省略句的形式。這句話源自：I'm confident *of the fact that* we will win.【詳見「文法寶典」p.480, 481 】

    accident-incident-confident 字尾都是 ident，重音都在第一音節，唸起來很順。

    第三組的 *dependent* 是「依賴的」，He is *dependent* on me.（他依賴我。）延伸的單字有：depend [2]〔dɪˈpɛnd〕*v.* 依賴，dependable [4]〔dɪˈpɛndəbl̩〕*adj.* 可靠的，dependence〔dɪˈpɛndəns〕*n.* 依賴。*independent* 是「獨立的」，I'm an *independent* person.（我很獨立。）它的名詞是 independence [2]〔ˌɪndɪˈpɛndəns〕*n.* 獨立。

    correspondent 是「通訊記者」，He is a newspaper *correspondent*.（他是報社的通訊記者。）延伸的單字有：correspond [4]〔ˌkɔrəˈspɑnd〕*v.* 通信，correspondence [5]〔ˌkɔrəˈspɑndəns〕*n.* 通信。

5. youngster

UNIT 1

youngster³ 〔'jʌŋstɚ 〕 *n.* 年輕人
gangster⁴ 〔'gæŋstɚ 〕 *n.* 歹徒
cluster⁵ 〔'klʌstɚ 〕 *n.* 群；組；束；串

> 字尾是 ster，
> 前兩個表「人」

poster³ 〔'postɚ 〕 *n.* 海報
semester² 〔 sə'mɛstɚ 〕 *n.* 學期
register⁴ 〔'rɛdʒɪstɚ 〕 *v.* 登記；註冊

> 字尾是 ster

blister⁴ 〔'blɪstɚ 〕 *n.* 水泡
foster⁶ 〔'fɑstɚ 〕 *adj.* 收養的　*v.* 收養
newscaster⁶ 〔'njuz,kæstɚ 〕 *n.* 新聞播報員

> 字尾是
> ster

* foster 有二個發音：〔'fɑstɚ , 'fɔstɚ 〕，美國人多唸〔'fɑstɚ 〕。

【説明】

　　youngster「年輕人」源自 young（年輕的）+ ster（人），
He had blond hair as a *youngster*.（他年輕時頭髮是金黃色
的。）*gangster*「歹徒」，源自 gang³ 〔 gæŋ 〕 *n.* 幫派，Many
gangsters hang out here.（許多幫派份子在這裡混。）*cluster*
「群；組；束；串」，She decorated the platter with small
clusters of grapes.（她用小串的葡萄裝飾盤子。）A *cluster*
of students stood in front of the ticket booth.（一群學生站
在售票亭前面。）

　　第二組 poster-semester-register，中文是「海報–學期–
註冊」，「海報」上説明下「學期」何時「註冊」。I designed

this *poster*. (我設計了這張海報。) The *semester* is almost over. (這學期快結束了。) You can *register* for classes tomorrow. (你明天可以去登記上課。)

第三組 *blister*「水泡」, I had a *blister* on my foot. (我的腳上起水泡。) *foster*「領養的」, The couple adopted a *foster* child. (這對夫婦領養了一個養子。) *newscaster*「新聞播報員」, The *newscaster* misread a sentence. (新聞播報員唸錯了一個句子。)

6. *diplomat*

字首
di
代
表
two ←

diplomat [4] 〔'dɪplə,mæt 〕 *n.* 外交官
diplomatic [6] 〔,dɪplə'mætɪk 〕 *adj.* 外交的
diplomacy [6] 〔dɪ'ploməsɪ 〕 *n.* 外交；外交手腕   } 詞類變化

diploma [4] 〔 dɪ'plomə 〕 *n.* 畢業證書
dilemma [6] 〔 də'lɛmə 〕 *n.* 困境
drama [2] 〔'drɑmə 〕 *n.* 戲劇   } 字首是 d，字尾是 ma

comma [3] 〔'kɑmə 〕 *n.* 逗點
cinema [4] 〔'sɪnəmə 〕 *n.* 電影院
asthma [6] 〔'æzmə , 'æsmə 〕 *n.* 氣喘   } 字首是 c，字尾是 ma

【說明】

第一組 *diplomat* (外交官；外交家), I want to be a *diplomat* in the future. (我未來想當外交官。) *diplomatic*

（外交的；有外交手腕的；圓滑的；婉轉的），Your response was very *diplomatic*.（你的回答非常婉轉。）*diplomacy*（外交；外交手腕；交際手腕），They tried to solve the issue with *diplomacy*.（他們想要利用外交手腕解決這個問題。）

<u>diplomat-diplomatic-diplomacy</u> 為詞類變化，要注意重音位置不同，特別是 diplomat，重音在第一音節。

第二組的 ***diploma***「畢業證書」，di（= *two*）+ plo（= *fold*）+ ma（*n.*）（摺成兩層的紙），畢業證書學校有存檔，要考試通過才能獲得，而 certificate[5]〔sɚˈtɪfəkɪt〕*n.* 證書；證明書，不用經過考試就可得到。He has a college *diploma*.（他有大學畢業證書。）***dilemma***「困境；左右為難的情況」，di（= *double*）+ lemma（= *assumption*）（在兩項假設之間）。I'm now facing a *dilemma:* to go or not to go.（我現在進退兩難；去還是不去。）***drama***「戲劇」，包含戲院、電視、廣播的戲劇，「電視劇」就是 television drama，簡稱 drama。They enjoy watching Korean *dramas*.（他們喜歡看韓國電視劇。）<u>diploma-dilemma-drama</u> 字首和字尾都相同，唸一遍就記得。

第三組 ***comma***「逗點」，The sentence is missing a *comma*.（這個句子少了一個逗點。）***cinema***「電影；電影院」，Let's go to the *cinema*.（我們去看電影吧。）（= *Let's go to a movie.*）***asthma***〔ˈæzmə，ˈæsmə〕*n.* 氣喘，注意 th 不發音。長期咳嗽會變成氣喘。My *asthma* has been cured.（我的氣喘已經治好了。）

7. *violation*

violation [4] 〔͵vaɪə'leʃən 〕 *n.* 違反 ⎫
isolation [4] 〔͵aɪsḷ'eʃən 〕 *n.* 隔離 ⎬ 字尾是 olation
consolation [6] 〔͵kɑnsḷ'eʃən 〕 *n.* 安慰 ⎭

calculation [4] 〔͵kælkjə'leʃən 〕 *n.* 計算 ⎫
circulation [4] 〔͵sɝkjə'leʃən 〕 *n.* 循環 ⎬ 字首是 c
congratulations [2] 〔 kən͵grætʃə'leʃənz 〕 ⎭
　　n. pl. 恭喜【一定要用複數形式】

translation [4] 〔 træns'leʃən 〕 *n.* 翻譯 ⎫
legislation [5] 〔͵lɛdʒɪs'leʃən 〕 *n.* 立法 ⎬ 三個字都有 s
stimulation [6] 〔͵stɪmjə'leʃən 〕 *n.* 刺激；激勵 ⎭

詳見說明 ←

* stimulation 和中文的「刺激」不完全一樣。

【説明】

　　第一組的 ***violation*** 是「違反」，動詞是 violate [4] 〔'vaɪə͵let 〕 *v.* 違反，This is a ***violation*** of the rules. (這件事違反規定。) ***isolation*** 「隔離」的動詞是 isolate [4] 〔'aɪsḷ͵et 〕 *v.* 使隔離，He lives in ***isolation***. (他獨自生活；他離群索居。) ***consolation*** 「安慰」的動詞是 console [5] 〔kən'sol 〕 *v.* 安慰，Thank you for giving me ***consolation***. (謝謝你安慰我。) violation-isolation-consolation 字尾都是 olation，唸三遍就可以記得。

UNIT 1

第二組的 *calculation* 是「計算」，動詞是 calculate[4]
〔ˈkælkjəˌlet〕*v.* 計算，His *calculation* is accurate.（他的
計算很準確。）*circulation*「循環」的動詞是 circulate[4]
〔ˈsɝkjəˌlet〕*v.* 循環，Exercise is good for the body's
circulation.（運動對身體的循環有益。）*congratulations*
是「恭喜」，動詞是 congratulate[4]〔kənˈgrætʃəˌlet〕*v.* 祝賀，
Congratulations on your success.（恭喜你成功。）

第三組的 *translation*「翻譯；譯本」的動詞是 translate[4]
〔ˈtrænslet〕*v.* 翻譯，「口譯」則是 interpret[4]〔ɪnˈtɝprɪt〕，
I bought an English *translation* of the novel.（我買了那
本小說的英譯本。）*legislation*「立法」，字根 leg 表示 law。

stimulation「刺激」，動詞是 stimulate[6]〔ˈstɪmjəˌlet〕
v. 刺激；激發，在中文裡的「刺激」有正面和負面。

中文：我受到了刺激。

　　① 我受到激勵。【正面】
英文：I was motivated.

　　② 我受到傷害。【負面】
英文：I was stung.【sting〔stɪŋ〕*v.* 刺傷；傷害】

記住，stimulation 只有正面，沒有負面，如：I like the
stimulation of visiting foreign countries.（我喜歡到外國旅
行的刺激。）translation-legislation-stimulation 前兩個的字
尾都是 slation，且重音都在倒數第二音節上，唸起來很順。

8. fund

唸一遍就記得！

fund³〔 fʌnd 〕*n.* 基金
<u>mental</u>³〔'mɛntl̩ 〕*adj.* 心理的 ⎫
funda<u>mental</u>⁴〔ˌfʌndə'mɛntl̩ 〕*adj.* 基本的 ⎬ 都有 mental

experi<u>ment</u>³〔 ɪk'spɛrəmənt 〕*n.* 實驗 ⎫
senti<u>ment</u>⁵〔'sɛntəmənt 〕*n.* 感情 ⎬ 字尾是 ment
environ<u>ment</u>²〔 ɪn'vaɪrənmənt 〕*n.* 環境 ⎭

experi<u>mental</u>⁴〔 ɪkˌspɛrə'mɛntl̩ 〕*adj.* 實驗的 ⎫
senti<u>mental</u>⁶〔ˌsɛntə'mɛntl̩ 〕*adj.* 多愁善感的； ⎬ 字尾是
　感傷的 mental
environ<u>mental</u>³〔 ɪnˌvaɪrən'mɛntl̩ 〕*adj.* 環境的 ⎭

【說明】

　　第一組的 ***fund*** 是「基金；專款」(= *money reserve*)
或「資金」(= *money*)，Here is $10,000 for your
college ***fund***. (這一萬美元是給你唸大學的基金。) ***mental***
「心理的；精神的」，She has a ***mental*** illness. (她有精神
疾病。) ***fundamental*** 是「基本的；必需的；十分重要的」，
Memorizing vocabulary is ***fundamental*** to learning
English. (學英文最重要的，就是背單字。)
fund-<u>mental</u>-funda<u>mental</u>，這三個字唸一遍就記得。

第二組 *experiment*「實驗」，The *experiment* was
successful.（實驗很成功。） *sentiment*「感情；情緒；態度；
觀點；多愁善感」，We could not agree with his *sentiment*.
（我們不同意他的觀點。）此時 sentiment 等於 opinion「意
見」。*environment*「環境」，I'm happy with my work
environment.（我對我的工作環境非常滿意。）

第三組是第二組的詞類變化，His music is *experimental*.
（他的音樂是實驗性質的。）She is a *sentimental* girl who
cries easily.（她多愁善感，容易哭。）We should pay attention
to *environmental* issues.（我們應該注意環境的問題。）

可用「諧音法」背 sentimental，像中文的「山東饅頭」。

9. cell

唸三遍就全部記得！

cell ² 〔 sɛl 〕 *n.* 牢房；細胞
cellar ⁵ 〔ˈsɛlɚ〕 *n.* 地窖   ⎱ 字首是 cell
cello ⁵ 〔ˈtʃɛlo〕 *n.* 大提琴【注意發音】

cater ⁶ 〔ˈketɚ〕 *v.* 迎合
pillar ⁵ 〔ˈpɪlɚ〕 *n.* 柱子
caterpillar ³ 〔ˈkætɚˌpɪlɚ〕 *n.* 毛毛蟲

collar ³ 〔ˈkɑlɚ〕 *n.* 衣領
league ⁵ 〔 lig 〕 *n.* 聯盟
colleague ⁵ 〔ˈkɑlig〕 *n.* 同事

【說明】

　　第一組的 ***cell*** 是「牢房；細胞；小蜂窩；電池；手機
(= *cell phone*)」，The prisoner returned to his ***cell***. (那
名囚犯回到他的牢房。) cell + ar 等於 ***cellar***「地窖」
(= *basement*)。There is wine in the ***cellar***. (地窖裡有
酒。) cell + o 等於 ***cello*** 〔ˈtʃɛlo〕*n.* 大提琴。【「小提琴」是
violin 】 <u>cell</u>-<u>cell</u>ar-<u>cell</u>o 字首都是 cell，要注意 cello 的發
音，c 讀成 /tʃ/。

　　第二組的 ***cater*** 是「迎合」，通常和 to 連用，The shop
caters to young women. (這家店迎合年輕女子的口味。)
pillar「柱子；棟樑；台柱」，可先背 pill[3]〔pɪl〕*n.* 藥丸。
You are a ***pillar*** of society. (你是社會的棟樑。)
caterpillar「毛毛蟲」(「迎合」+「柱子」)，The ***caterpillar***
will be a butterfly someday. (毛毛蟲有一天會變成蝴蝶。)
<u>cater</u>-<u>pillar</u>-<u>caterpillar</u> 唸兩遍就可以記得這三個重要的單
字，前兩個字可組合成第三個字。

　　第三組的 ***collar*** 是「衣領；領子；(貓或狗的) 頸圈；項
圈」，The dog wears a ***collar***. (那隻狗戴著項圈。)
league 是「聯盟」，He joined a bowling ***league***. (他加入
保齡球聯盟。) ***colleague***「同事」(= *co-worker*)，All of
my ***colleagues*** live in Taipei. (我的同事都住在台北。)
<u>collar</u>-<u>league</u>-<u>colleague</u>，前兩個字可組合成第三個字。

UNIT 1

不斷地看中文唸英文，能夠專心，有助於做翻譯題。

1. 強盜 ＿＿＿＿＿＿
   纖維 ＿＿＿＿＿＿
   橡膠 ＿＿＿＿＿＿

   房間 ＿＿＿＿＿＿
   木材 ＿＿＿＿＿＿
   黃瓜 ＿＿＿＿＿＿

   木材 ＿＿＿＿＿＿
   水管工人 ＿＿＿＿＿
   比…多 ＿＿＿＿＿

2. 控制 ＿＿＿＿＿＿
   提名 ＿＿＿＿＿＿
   被提名人 ＿＿＿＿＿

   菁英分子 ＿＿＿＿＿
   除去 ＿＿＿＿＿＿
   終結 ＿＿＿＿＿＿

   照亮 ＿＿＿＿＿＿
   歧視 ＿＿＿＿＿＿
   污染 ＿＿＿＿＿＿

3. 對手 ＿＿＿＿＿＿
   到達 ＿＿＿＿＿＿
   節日；慶祝活動 ＿＿

   復甦 ＿＿＿＿＿＿
   生還 ＿＿＿＿＿＿
   嘉年華會 ＿＿＿＿＿

   康乃馨 ＿＿＿＿＿＿
   捐贈 ＿＿＿＿＿＿
   捐贈 ＿＿＿＿＿＿

4. 居民 ＿＿＿＿＿＿
   總統 ＿＿＿＿＿＿
   異議份子 ＿＿＿＿＿

   意外 ＿＿＿＿＿＿
   事件 ＿＿＿＿＿＿
   有信心的 ＿＿＿＿＿

   依賴的 ＿＿＿＿＿＿
   獨立的 ＿＿＿＿＿＿
   通訊記者 ＿＿＿＿＿

5. 年輕人 ＿＿＿＿＿＿
   歹徒 ＿＿＿＿＿＿
   群；組；束；串 ＿＿

   海報 ＿＿＿＿＿＿
   學期 ＿＿＿＿＿＿
   登記；註冊 ＿＿＿＿

   水泡 ＿＿＿＿＿＿
   收養的 ＿＿＿＿＿＿
   新聞播報員 ＿＿＿＿

6. 外交官 ＿＿＿＿＿＿
   外交的 ＿＿＿＿＿＿
   外交；外交手腕 ＿＿

   畢業證書 ＿＿＿＿＿
   困境 ＿＿＿＿＿＿
   戲劇 ＿＿＿＿＿＿

   逗點 ＿＿＿＿＿＿
   電影院 ＿＿＿＿＿＿
   氣喘 ＿＿＿＿＿＿

7. 違反 ＿＿＿＿＿＿
   隔離 ＿＿＿＿＿＿
   安慰 ＿＿＿＿＿＿

   計算 ＿＿＿＿＿＿
   循環 ＿＿＿＿＿＿
   恭喜 ＿＿＿＿＿＿

   翻譯 ＿＿＿＿＿＿
   立法 ＿＿＿＿＿＿
   刺激；激勵 ＿＿＿＿

8. 基金 ＿＿＿＿＿＿
   心理的 ＿＿＿＿＿＿
   基本的 ＿＿＿＿＿＿

   實驗 ＿＿＿＿＿＿
   感情 ＿＿＿＿＿＿
   環境 ＿＿＿＿＿＿

   實驗的 ＿＿＿＿＿＿
   多愁善感的 ＿＿＿＿
   環境的 ＿＿＿＿＿＿

9. 牢房；細胞 ＿＿＿＿
   地窖 ＿＿＿＿＿＿
   大提琴 ＿＿＿＿＿＿

   迎合 ＿＿＿＿＿＿
   柱子 ＿＿＿＿＿＿
   毛毛蟲 ＿＿＿＿＿＿

   衣領 ＿＿＿＿＿＿
   聯盟 ＿＿＿＿＿＿
   同事 ＿＿＿＿＿＿

Unit 1　總整理：下面單字背至 1 分鐘內，終生不忘記。

1. robber	*2. dominate*	*3. rival*
robber fiber rubber chamber timber cucumber lumber plumber outnumber	dominate nominate nominee elite eliminate terminate illuminate discriminate contaminate	rival arrival festival revival survival carnival carnation donation donate
4. resident	*5. youngster*	*6. diplomat*
resident president dissident accident incident confident dependent independent correspondent	youngster gangster cluster poster semester register blister foster newscaster	diplomat diplomatic diplomacy diploma dilemma drama comma cinema asthma
7. violation	*8. fund*	*9. cell*
violation isolation consolation calculation circulation congratulations translation legislation stimulation	fund mental fundamental experiment sentiment environment experimental sentimental environmental	cell cellar cello cater pillar caterpillar collar league colleague

Unit 2

【整體記憶密碼】

1. *cooker*→2. *pan*→3. *oil*	鍋子→平底鍋→油
4. *pepper*→5. *onion*→6. *lemon*	胡椒→洋蔥→檸檬
7. *date*→8. *various*→9. *stuff*	棗子→各式各樣的→東西

UNIT 2

1. cooker

由簡單到難，由短到長，好背！

cook<u>er</u>² 〔'kʊkɚ〕*n.* 鍋子；烹調器具
lock<u>er</u>⁴ 〔'lɑkɚ〕*n.* 置物櫃
flick<u>er</u>⁶ 〔'flɪkɚ〕*v.* 閃爍不定

> 字尾是 ker，重音在前一個音節上

bank<u>er</u>² 〔'bæŋkɚ〕*n.* 銀行家
hack<u>er</u>⁶ 〔'hækɚ〕*n.* 駭客
crack<u>er</u>⁵ 〔'krækɚ〕*n.* 餅乾；鞭炮

> 這三個字的 a 都唸 /æ/

lawmak<u>er</u>⁵ 〔'lɔ,mekɚ〕*n.* 立法委員
caretak<u>er</u>⁵ 〔'kɛr,tekɚ〕*n.* 照顧者
woodpeck<u>er</u>⁵ 〔'wʊd,pɛkɚ〕*n.* 啄木鳥

> 這三個都是複合字

【說明】

　　第一組的 ***cooker*** 是「鍋子；烹調器具」，很容易被誤解為「廚師」(cook)。cook¹〔kʊk〕*v.* 做菜　*n.* 廚師。煮飯的

「電鍋」是 rice cooker。*locker*「置物櫃」源自 lock² 「鎖」。「鎖匠」是 locksmith〔ˈlɑk͵smɪθ〕。*flicker*「閃爍不定」可當動詞和名詞，The light is *flickering*.（燈光閃爍不定。）I saw a *flicker* of light.（我看到閃爍的燈光。）cooker-locker-flicker 的排列方式是由簡單到難，由短到長。

　　第二組的 *banker* 是「銀行家」，源自：bank¹〔bæŋk〕*n.* 銀行。*hacker*「駭客」，源自 hack⁶〔hæk〕*v.* 猛砍，The *hacker* stole my information.（駭客偷了我的資料。）*cracker*「餅乾」，通常是鹹的，cookie¹〔ˈkʊkɪ〕*n.* 餅乾，通常是甜的。如你想請別人吃餅乾，可說："Here, have a *cracker*."（來，吃一塊餅乾。）Here 在句首是感嘆詞，作「來」解。banker-hacker-cracker，這三個字都有 a，且都讀 /æ/，唸三遍就可以記下來。

　　第三組的 *lawmaker* 是「立法委員」（= *legislator*⁶〔ˈlɛdʒɪs͵letɚ〕）。「制定」（make）「法律」（law）的人，就是「立法委員」（lawmaker）。The *lawmaker* retired.（那位立法委員退休了。）*caretaker* 是「照顧者」，源自 take care of「照顧」。He has a *caretaker*.（他有人照顧。）*wookpecker* 是「啄木鳥」，wood¹ 是「木頭」，peck⁵〔pɛk〕是「啄食」，That bird is a *woodpecker*.（那隻鳥是啄木鳥。）注意 wood 的 oo 唸 /ʊ/。

　　oo 原則上讀長音 /u/，短音為例外，詳見「文法寶典」中的發音寶典。

oo 的發音：

oo 一律讀 /u/，如 f<u>oo</u>l〔ful〕*n.* 傻瓜，f<u>oo</u>d〔fud〕*n.* 食物，在 k 前的 oo 讀 /ʊ/，如 b<u>oo</u>k〔bʊk〕*n.* 書，l<u>oo</u>k〔lʊk〕*v.* 看，c<u>oo</u>k〔kʊk〕*v.* 做菜。

【例外】/ʊ/　g<u>oo</u>d〔gʊd〕　　　　　　　st<u>oo</u>d〔stʊd〕

　　　　　　w<u>oo</u>d〔wʊd〕*n.* 木頭　　　w<u>oo</u>l〔wʊl〕*n.* 羊毛

　　　　　　w<u>oo</u>len〔'wʊlən〕*adj.* 羊毛製的

　　　　　　s<u>oo</u>t〔sʊt , sut〕*n.* 油煙　　h<u>oo</u>d〔hʊd〕*n.* 兜帽

　　　　　　f<u>oo</u>t〔fʊt〕*n.* 腳

　　　/ʌ/　bl<u>oo</u>d〔bl<u>ʌ</u>d〕*n.* 血　　　　fl<u>oo</u>d〔fl<u>ʌ</u>d〕*n.* 水災

　　最後三個字：lawma<u>ker</u>-caretaker-woodpecker 都是複合字，容易背。這九個字背 30 遍，就可變成直覺，變成直覺的那一剎那，是非常快樂的。

2. *pan*

<u>pan</u>²〔pæn〕*n.* 平底鍋　　　→一般字典都翻錯

<u>pan</u>cake³〔'pæn,kek〕*n.* 鬆餅　　開頭是 pan

<u>pan</u>da²〔'pændə〕*n.* 熊貓

字尾是 nda

<u>agen</u>da⁵〔ə'dʒɛndə〕*n.* 議程

<u>agen</u>t⁴〔'edʒənt〕*n.* 代理人　　開頭是 agen

<u>agen</u>cy⁴〔'edʒənsɪ〕*n.* 代辦處

<u>so</u>da¹〔'sodə〕*n.* 汽水

<u>so</u>dium⁶〔'sodɪəm〕*n.* 鈉　　　前兩個字首是 so，第一和第三個字尾是 da

propaganda⁶〔,prɑpə'gændə〕*n.* 宣傳

【説明】

　　第一組的 *panda* 是「熊貓」，這個字難背，但和 pan-
pancake 一起背，就變簡單。*pancake* 在字典上一般翻成「薄
煎餅」，是因爲以前還未引進台灣，現在大多稱作「鬆餅」，是
美國人早餐喜歡吃的食物。在麥當勞點早餐，你可以説：I'll
have the *pancakes*.（我要吃鬆餅。）

　　第二組的 *agenda*「議程」，配合上一組的 panda「熊貓」
一起背。agenda-agent-agency 字首都是 agen，唸一遍就可
以記下來，There'll be a change to the *agenda*.（議程將會
有改變。）*agent* 是「代理人；代理商；經紀人；情報人員」，
有很多意思，The travel *agent* will be here at 4:00 pm.（旅
行社人員下午四點會來這裡。）*agency*「代辦處；機構」，事實
上就是「公司」，He works for a real estate *agency*.（他在房
地產公司上班。）travel agency 是「旅行社」。

　　第三組 soda-sodium-propaganda，巧妙安排，唸一遍
就可以記得。到美國餐廳裡吃飯，服務生通常會問你：What
would you like to drink?（你想要喝什麼？）Do you want
soda or beer?（你要汽水還是啤酒？）*soda* 是氣泡飲料的總
稱，如 Coke（可口可樂）、Pepsi（百事可樂）、7-Up（七喜）
等。*sodium*「鈉」是鹽的主要成份，吃多會傷身，到餐廳吃飯，
可説：I want a dish that's low in *sodium*.（我要一道低鈉
的菜。）句中的 sodium 可用 salt[1]〔sɔlt〕*n.* 鹽 來代替。
propaganda「宣傳」這個字很常用，A lot of current
news stories are government *propaganda*.（現在很多新聞
報導都是政府的宣傳。）

UNIT 2

3. oil

不需要1分鐘就記得

oil¹〔ɔɪl〕n. 油

boil²〔bɔɪl〕v. 沸騰 ⎱ 字首是 b , c
coil⁵〔kɔɪl〕n. 捲 ⎰

foil⁴〔fɔɪl〕n. 金屬薄片；箔
soil¹〔sɔɪl〕n. 土壤 ⎱ 字首是 s
spoil⁶〔spɔɪl〕v. 破壞 ⎰

toil⁵〔tɔɪl〕v. n. 辛勞 ⎫
broil⁴〔brɔɪl〕v. 烤 ⎬ 字尾是 oil
turmoil⁶〔′tɝmɔɪl〕n. 混亂 ⎭

UNIT 2

【說明】

　　第一組 oil-boil-coil，按照 b-c 排列，唸一遍就可記得。
boil 是「沸騰」，有個諺語：A watched pot never ***boils***. (心
急水不沸。) ***coil*** 是「捲」，如：She has long ***coils*** of hair. (她
的頭髮又長又捲。)

　　第二組的 ***foil*** 是「金屬薄片；箔」，我們用來包食物的「鋁箔紙」
叫 aluminum foil。***spoil*** 除了當「破壞」以外，還作「寵壞」解，
如：Spare the rod and ***spoil*** the child. (【諺】不打不成器。)
foil-soil-spoil 為了方便記憶，將兩個 s 開頭的字放在一起。

　　第三組中的 ***toil*** 是「辛勞」，如 He ***toiled*** all day in the
office. (他整天在辦公室很辛苦。) ***broil*** 是「烤」，He ***broiled***
some fish. (他烤了一些魚。) ***turmoil*** 是「混亂」，The town is

in *turmoil*.（這個城鎮很混亂。）toil-broil-turmoil 這三個字
由短到長，最後一個 turmoil 的 t 和 toil 的 t 相呼應。先背 oil-
boil-coil，再背 foil-soil-spoil，接著再背 toil-broil-turmoil，
如此，九個字很快就背下來了。

4. *pepper*

這一回非常好背！

pepper² 〔ˈpɛpɚ 〕 *n.* 胡椒
zipper³ 〔ˈzɪpɚ 〕 *n.* 拉鏈
slipper² 〔ˈslɪpɚ 〕 *n.* 拖鞋【常用複數】
　　　　　　　　　　　　　　　　　　字尾是 pper

upper² 〔ˈʌpɚ 〕 *adj.* 上面的
supper¹ 〔ˈsʌpɚ 〕 *n.* 晚餐
shopper¹ 〔ˈʃɑpɚ 〕 *n.* 購物者
　　　　　　　　　　　　　　　　　　字尾是 pper

copper⁴ 〔ˈkɑpɚ 〕 *n.* 銅
clipper³ 〔ˈklɪpɚ 〕 *n.* 指甲刀【常用複數】
grasshopper³ 〔ˈɡræsˌhɑpɚ 〕 *n.* 蚱蜢【重音例外】

【說明】

1. *pepper*「胡椒」不要和 paper¹ 〔ˈpepɚ 〕 *n.* 紙；報告 搞混，
一個是短音 /ɛ/，一個是長音 /e/。

2. 從 **zipper** 延伸的字
zip⁵ 〔 zɪp 〕 *v.* 拉拉鏈；迅速移動　　zip code　郵遞區號
Your *zipper* is open. *Zip* it up.（你的拉鏈開了。把它拉上。）

3. 從 **slipper** 延伸的字

slip [2] 〔 slɪp 〕 *v.* 滑倒；滑落   slippery [3] 〔'slɪpərɪ 〕 *adj.* 滑的

The ground is *slippery*. You'd better put on a pair of *slippers*. (地上很滑。你最好穿上一雙拖鞋。)

4. 從 **upper** 延伸的字

upright [5] 〔'ʌp,raɪt 〕 *adj.* 直立的   upset [3] 〔 ʌp'sɛt 〕 *adj.* 不高興的

5. *supper* 「晚餐」和 dinner 「大餐」不同，晚上吃好一點，就是 dinner，平常在家裡吃的晚餐是 supper。dinner 也許晚上吃，也許中午吃。supper 延伸的字有：supply [5] 〔 sə'plaɪ 〕 *v.* 供給；supplement [6] 〔'sʌplə,mɛnt 〕 *v.* 補充

【比較】 We had a light *supper* before going to bed.

(上床以前我們吃了清淡的晚餐。)

They invited me for Christmas *dinner*.

(他們邀請我去吃聖誕大餐。)

6. 從 **shopper** 延伸的字

shop [1] 〔 ʃap 〕 *n.* 商店

shoplift [6] 〔'ʃap,lɪft 〕 *v.* 順手牽羊

store [1] 〔 stor 〕 *n.* 商店【shop 和 store 的區別，參照 p.5】

7. 從 **copper** 延伸的字

copy [2] 〔'kapɪ 〕 *v.* 影印

copyright [5] 〔'kapɪ,raɪt 〕 *n.* 著作權

8. 從 **clipper** 延伸的字

clip [3] 〔 klɪp 〕 *v.* 修剪

Use the *clippers* to *clip* your nails. (用指甲刀剪你的指甲。)

9. 從 **grasshopper** 延伸的字

grass [1] 〔 græs 〕 *n.* 草

grassy [2] 〔 'græsɪ 〕 *adj.* 多草的

hop [2] 〔 hɑp 〕 *v.* 跳

grasshopper

5. onion

onion [2] 〔 'ʌnjən 〕 *n.* 洋蔥 ⎤
union [3] 〔 'junjən 〕 *n.* 聯盟 ⎬ 字尾是 nion
reunion [4] 〔 ri'junjən 〕 *n.* 團聚 ⎦

opinion [2] 〔 ə'pɪnjən 〕 *n.* 意見 ⎤
companion [4] 〔 kəm'pænjən 〕 *n.* 同伴 ⎬ 字尾是 ion
criterion [6] 〔 kraɪ'tɪrɪən 〕 *n.* 標準 ⎦

重要！ ⎰ champion [3] 〔 'tʃæmpɪən 〕 *n.* 冠軍 ⎤
camp [1] 〔 kæmp 〕 *v.* 露營 ⎬ 都有 camp
campaign [4] 〔 kæm'pen 〕 *n.* 活動 ⎦

【説明】

　　onion-union-reunion 字尾都是 nion，發音相同，很好
背。***onion*** 是「洋蔥」，可以殺菌，治療癌症，對健康有益。
在餐廳你可以説：I'll have an order of ***onion*** rings.（我想
點一份洋蔥圈。）快要生病時，喝一碗 onion soup（洋蔥湯），

可增強抵抗力。*union* 是「聯盟」，The workers formed a labor *union*.（員工組成了工會。）*reunion* 是「團聚」，I went to my high school *reunion*.（我去參加高中同學會。）

　　第二組的 opin<u>ion</u>-compan<u>ion</u>-criter<u>ion</u> 都是 ion 結尾。*opinion* 是「意見」，He has many *opinions*.（他有很多意見。）*companion* 是「同伴」，She is a good travel *companion*.（她是很好的旅行同伴。」*criterion* 是「標準」，He did not meet the *criterion* for a scholarship.（他不符合申請獎學金的標準。）

　　第三組一般最弄不清楚 champion（冠軍）和 campaign（活動），巧妙安排成：champion-<u>camp</u>-<u>camp</u>aign，就可以記得，中文是「冠軍–露營–活動」。*champion* 是「冠軍」，The man is a world *champion* chess player.（那個人是下西洋棋的世界冠軍。）*camp* 是「露營」，Let's go *camping* this weekend.（我們這個週末去露營吧。）*campaign* 是「（社會、政治的）活動；運動」，如 anti-drug *campaign*「反毒運動」、election *campaign*「競選活動」、fund-raising *campaign*「募款活動」、"don't buy" *campaign*「拒買運動」等。The president ended his *campaign* for re-election.（總統結束他競選連任的活動。）

6. lemon

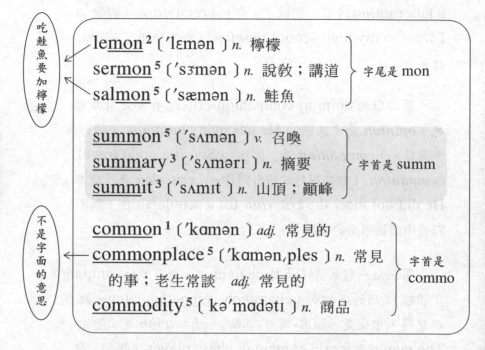

吃鮭魚要加檸檬

lemon[2] 〔'lɛmən〕 n. 檸檬
sermon[5] 〔'sɝmən〕 n. 說教；講道
salmon[5] 〔'sæmən〕 n. 鮭魚 ⟩ 字尾是 mon

summon[5] 〔'sʌmən〕 v. 召喚
summary[3] 〔'sʌmərɪ〕 n. 摘要 ⟩ 字首是 summ
summit[3] 〔'sʌmɪt〕 n. 山頂；顛峰

不是字面的意思

common[1] 〔'kamən〕 adj. 常見的
commonplace[5] 〔'kamən‚ples〕 n. 常見
的事；老生常談　adj. 常見的
commodity[5] 〔kə'madətɪ〕 n. 商品 ⟩ 字首是 commo

【說明】

I prefer my tea with *lemon*. (我比較喜歡檸檬茶。)
She gave a long *sermon*. (她講了很多大道理。) I had
salmon for dinner. (我晚餐吃了鮭魚。)

He was *summoned* to court. (他被法院傳喚。)
He wrote a *summary* of the office meeting. (他寫了一
份辦公會議的摘要。) They finally reached the *summit*
of Mt. Jade. (他們終於到達玉山的山頂。)

Brian is a *common* name. (布萊恩是個常見的名字。)
commonplace 當名詞是「常見的事；老生常談；陳腔濫調」，
也可當形容詞，作「常見的」解，Studying overseas is
commonplace nowadays. (現在到國外留學很常見。) Gold
is a precious *commodity*. (黃金是珍貴的商品。)

7. *date*

date¹〔det〕*n.* 棗子；日期
candidate⁴〔'kændə,det〕*n.* 候選人 ⎫ 字尾是 date
intimidate⁶〔ɪn'tɪmə,det〕*v.* 威脅 ⎭

update⁵〔'ʌp,det〕*v.* 更新
upgrade⁶〔ʌp'gred〕*v.* 使升級 ⎬ 字首是 up
uphold⁶〔ʌp'hold〕*v.* 維護

upload⁴〔'ʌp,lod〕*v.* 上傳
download⁴〔'daʊn,lod〕*v.* 下載 ⎬ 反義字
accommodate⁶〔ə'kɑmə,det〕*v.* 容納

前後呼應

UNIT 2

【說明】

第一組的 *date*，主要意思除了「日期」以外，還當「棗
子」和「約會」講。美國人常說：When are you arriving?
(你什麼時候到？) What's the exact time and *date*? (確

實的時間和日期是什麼時候？）背完 date，再背 *candidate*
「候選人」就簡單了。She is a *candidate* for class
president.（她是班長的候選人。）*intimidate* 是「威脅」
（= *threaten*)，源自 timid⁴〔'tɪmɪd〕*adj.* 膽小的。Don't
intimidate me.（不要威脅我。）

<u>date</u>-candi<u>date</u>-intimi<u>date</u> 唸兩遍就可以背下來。

　　第二組的 *update* 是「更新」（= *modernize*)。The
software should be *updated*.（這個軟體應該更新。）
upgrade「使升級」，I want to *upgrade* my computer.
（我的電腦要升級。）*uphold* 是「維護；舉起；支持；鼓勵」
【up（在上面）+ hold（保持）】，Police *uphold* the law.（警
察維護法律。）

　　第三組的 *upload* 是「上傳」，I *uploaded* a photo to
Facebook.（我上傳了一張照片到臉書。）*download*「下
載」，I *downloaded* an app from iTunes.（我從 iTunes 下
載了一個應用軟體。）【app 是 application（應用軟體）的簡稱；
iTunes 是蘋果公司的音樂資料庫】*accommodate*「容納；裝
載（乘客）」，The room can *accommodate* 50 people.（這
房間能容納 50 人。）The new hotel can *accommodate*
3,000 tourists.（這間新的旅館可接待 3,000 名旅客。）

　　最後一個 accommodate 呼應前面的 date-candidate-
intimidate，你看，唸起來多順。

8. *various*

字尾是 ious，重音在前一音節上

various[3] 〔 'vɛrɪəs 〕 *adj.* 各式各樣的
serious[2] 〔 'sɪrɪəs 〕 *adj.* 嚴重的
mysterious[4] 〔 mɪs'tɪrɪəs 〕 *adj.* 神祕的

> 字尾是 rious

glorious[4] 〔 'glorɪəs 〕 *adj.* 光榮的
victorious[6] 〔 vɪk'torɪəs 〕 *adj.* 勝利的
notorious[6] 〔 no'torɪəs 〕 *adj.* 惡名昭彰的

> 字尾是 orious

curious[2] 〔 'kjʊrɪəs 〕 *adj.* 好奇的
furious[4] 〔 'fjʊrɪəs 〕 *adj.* 狂怒的
luxurious[4] 〔 lʌg'ʒʊrɪəs , lʌk'ʃʊrɪəs 〕
　　adj. 豪華的

> 字尾是 urious

* luxurious 美國人多唸成〔 lʌg'ʒʊrɪəs 〕。

【說明】

　　第一組的 *various* 是「各式各樣的」，They sell *various* products. (他們賣各式各樣的產品。) 它的動詞是 vary[3] 〔'vɛrɪ〕 *v.* 改變；不同，名詞是 variety[3] 〔 və'raɪətɪ 〕 *n.* 多樣性；種類。*serious*「嚴重的；嚴肅的；認真的」，He is a *serious* student. (他是個認真的學生。) *mysterious*「神祕的」，She likes to appear *mysterious*. (她喜歡搞神祕。)

various-serious-mysterious，後兩個字的字尾都是 erious，字尾是 ious，重音在前一音節上。

> 第二組的 ***glorious*** 「光榮的」，演講中常用：Ladies and gentlemen. It's a ***glorious*** occasion. It's an honor to speak to you.（各位先生，各位女士。這是個光榮的場合。很榮幸和大家說話。）***victorious*** 「勝利的」，Our team was ***victorious***.（我們這一隊勝利了。）名詞是 victory[2]〔'vɪktərɪ〕*n.* 勝利。***notorious*** 「惡名昭彰的；聲名狼藉的」（=*ˈinfamous* ），He is a ***notorious*** liar.（他是惡名昭彰的說謊者。）glorious-victorious-notorious，這三個字的字尾都是 orious，唸兩遍就記得了。

　　第三組的 ***curious*** 是「好奇的」，She is very ***curious***.（她非常好奇。）它的名詞是 curiosity[4]〔ˌkjʊrɪˈɑsətɪ〕*n.* 好奇心。***furious*** 「狂怒的；暴怒的；非常生氣的」，Mother was ***furious***.（母親非常生氣。）***luxurious*** 「豪華的；奢侈的」，The hotel is ***luxurious***.（這間飯店非常豪華。）它的名詞是 luxury[4]〔'lʌkʃərɪ , 'lʌgʒərɪ〕*n.* 豪華。curious-furious-luxurious，字尾都是 urious，唸兩遍就記下來了。

> 　　最好的背書時間，是早晨起床後，早餐前，到公園去背。編者現在一個小時就可以把九組單字背下來，越背越快。腦筋裡不時回想，有機會的時候，儘量用你背過的單字。背完之後，要不停鍛鍊，變成直覺，就會終生不忘記。

9. *stuff*

stu<u>ff</u>² 〔 stʌf 〕 *n.* 東西　*v.* 填塞
sti<u>ff</u>³ 〔 stɪf 〕 *adj.* 僵硬的
sta<u>ff</u>³ 〔 stæf 〕 *n.* 職員【集合名詞】(= *employees*)

sni<u>ff</u>⁵ 〔 snɪf 〕 *v.* 嗅
cli<u>ff</u>⁴ 〔 klɪf 〕 *n.* 懸崖　}字尾是 iff
tari<u>ff</u>⁶ 〔 'tærɪf 〕 *n.* 關稅

sheri<u>ff</u>⁵ 〔 'ʃɛrɪf 〕 *n.* 警長
pu<u>ff</u>⁵ 〔 pʌf 〕 *v.* 吐出；噴　}字尾是 uff
dandru<u>ff</u>⁶ 〔 'dændrəf 〕 *n.* 頭皮屑

碼錶計時，看你幾秒鐘背好？

UNIT 2

【說明】

　　第一組 *stuff* 這個字可當「東西」，也可當「填塞」，如：
What's this *stuff*? (這是什麼東西？) I'm *stuffed*. (我吃飽
了。) 它的同義字有：things¹ 〔 θɪŋz 〕 *n. pl.* 東西，materials²,⁶
〔 mə'tɪrɪəlz 〕 *n. pl.* 物質；材料，objects² 〔 'ɑbdʒɪkts 〕 *n. pl.* 物
體；東西。

　　stiff 這個字是「僵硬的」，如：I feel *stiff* in my neck.
(我覺得脖子很僵硬。) *staff* 的意思是「職員」，如：We
need more *staff*. (我們需要更多的職員。)

　　staff 是集合名詞，就像 people (人們)，它的同義字
有：workers¹ 〔 'wɝkəz 〕 *n. pl.* 員工；工人，employees³

〔͵ɛmplɔɪˈiz〕*n. pl.* 員工，personnel [5]〔͵pɝsṇˈɛl〕*n.* 員工；全體職員。和 family（家人）一樣，指集合體的組成份子時，不加 s。我們巧妙編排：stu**ff**-sti**ff**-sta**ff**，你唸唸看，唸三遍看能不能記下來。

為什麼把 staff 排在最後？因為 staff 中的 a 是讀 /æ/，嘴巴要裂開，中文裡沒有，唸起來比較費力。「子音＋母音＋子音」通常母音念短音，兩個子音前面的重音節母音一定是短音。如改成 *staff-stuff-stiff* 就不好背了。

第二組 *sniff* 是「嗅；聞」，如：The dog *sniffed* around.（狗到處聞來聞去。）sniff 的延伸字有：snore [5]〔snor〕*v.* 打呼，snort [5]〔snɔrt〕*v.* 用鼻子吸食，sneeze [4]〔sniz〕*v.* 打噴嚏，sn 多和「鼻子」有關。*cliff* 是「懸崖」。從 *tariff*（關稅）知道 tax [3]（稅）和 duty [2]（關稅；責任），tariff 和 duty 是同義字，tax 則是指「一般的稅」。唸唸看：sni**ff**-cli**ff**-tari**ff**，這三個難記的單字，放在一起就簡單了。sniff 是配合前面的 stu**ff**-sti**ff**-sta**ff** 而設計。我們設計的原則，是把短的、簡單的放前面，難的放後面。

第三組 *sheriff* 是「警長」，和前面的 *tariff*（關稅）一比較，sheriff 就好背了。*puff* 是「吐出；噴」，如：Don't *puff* smoke in my face.（不要對著我的臉吐煙。）*dandruff*（頭皮屑）是 7000 字中最難背的字，誰記得下來？我們背 sheri**ff**-pu**ff**-dandru**ff**，是不是就變得簡單了？

這九個字的字尾都是 ff，以三字為一組，每一組最後一個字都有個蝴蝶音 /æ/，中文中沒有這個音，所以唸的時候要賣力把嘴巴裂開。

不斷地看中文唸英文，能夠專心，有助於做翻譯題。

1. 鍋子；烹調器具 ＿＿＿
　　 置物櫃 ＿＿＿＿＿＿
　　 閃爍不定 ＿＿＿＿＿

　　 銀行家 ＿＿＿＿＿＿
　　 駭客 ＿＿＿＿＿＿＿
　　 餅乾；鞭炮 ＿＿＿＿

　　 立法委員 ＿＿＿＿＿
　　 照顧者 ＿＿＿＿＿＿
　　 啄木鳥 ＿＿＿＿＿＿

2. 平底鍋 ＿＿＿＿＿＿
　　 鬆餅 ＿＿＿＿＿＿＿
　　 熊貓 ＿＿＿＿＿＿＿

　　 議程 ＿＿＿＿＿＿＿
　　 代理人 ＿＿＿＿＿＿
　　 代辦處 ＿＿＿＿＿＿

　　 汽水 ＿＿＿＿＿＿＿
　　 鈉 ＿＿＿＿＿＿＿＿
　　 宣傳 ＿＿＿＿＿＿＿

3. 油 ＿＿＿＿＿＿＿＿
　　 沸騰 ＿＿＿＿＿＿＿
　　 捲 ＿＿＿＿＿＿＿＿

　　 金屬薄片；箔 ＿＿＿
　　 土壤 ＿＿＿＿＿＿＿
　　 破壞 ＿＿＿＿＿＿＿

　　 辛勞 ＿＿＿＿＿＿＿
　　 烤 ＿＿＿＿＿＿＿＿
　　 混亂 ＿＿＿＿＿＿＿

4. 胡椒 ＿＿＿＿＿＿＿
　　 拉鏈 ＿＿＿＿＿＿＿
　　 拖鞋 ＿＿＿＿＿＿＿

　　 上面的 ＿＿＿＿＿＿
　　 晚餐 ＿＿＿＿＿＿＿
　　 購物者 ＿＿＿＿＿＿

　　 銅 ＿＿＿＿＿＿＿＿
　　 指甲刀 ＿＿＿＿＿＿
　　 蚱蜢 ＿＿＿＿＿＿＿

5. 洋蔥 ＿＿＿＿＿＿＿
　　 聯盟 ＿＿＿＿＿＿＿
　　 團聚 ＿＿＿＿＿＿＿

　　 意見 ＿＿＿＿＿＿＿
　　 同伴 ＿＿＿＿＿＿＿
　　 標準 ＿＿＿＿＿＿＿

　　 冠軍 ＿＿＿＿＿＿＿
　　 露營 ＿＿＿＿＿＿＿
　　 活動 ＿＿＿＿＿＿＿

6. 檸檬 ＿＿＿＿＿＿＿
　　 說敎；講道 ＿＿＿＿
　　 鮭魚 ＿＿＿＿＿＿＿

　　 召喚 ＿＿＿＿＿＿＿
　　 摘要 ＿＿＿＿＿＿＿
　　 山頂；顛峰 ＿＿＿＿

　　 常見的 ＿＿＿＿＿＿
　　 常見的事 ＿＿＿＿＿
　　 商品 ＿＿＿＿＿＿＿

7. 棗子；日期 ＿＿＿＿
　　 候選人 ＿＿＿＿＿＿
　　 威脅 ＿＿＿＿＿＿＿

　　 更新 ＿＿＿＿＿＿＿
　　 使升級 ＿＿＿＿＿＿
　　 維護 ＿＿＿＿＿＿＿

　　 上傳 ＿＿＿＿＿＿＿
　　 下載 ＿＿＿＿＿＿＿
　　 容納 ＿＿＿＿＿＿＿

8. 各式各樣的 ＿＿＿＿
　　 嚴重的 ＿＿＿＿＿＿
　　 神祕的 ＿＿＿＿＿＿

　　 光榮的 ＿＿＿＿＿＿
　　 勝利的 ＿＿＿＿＿＿
　　 惡名昭彰的 ＿＿＿＿

　　 好奇的 ＿＿＿＿＿＿
　　 狂怒的 ＿＿＿＿＿＿
　　 豪華的 ＿＿＿＿＿＿

9. 東西；填塞 ＿＿＿＿
　　 僵硬的 ＿＿＿＿＿＿
　　 職員 ＿＿＿＿＿＿＿

　　 嗅 ＿＿＿＿＿＿＿＿
　　 懸崖 ＿＿＿＿＿＿＿
　　 關稅 ＿＿＿＿＿＿＿

　　 警長 ＿＿＿＿＿＿＿
　　 吐出；噴 ＿＿＿＿＿
　　 頭皮屑 ＿＿＿＿＿＿

UNIT 2

Unit 2　總整理：下面單字背至 1 分鐘內，終生不忘記。

1. cooker	2. pan	3. oil
cooker	pan	oil
locker	pancake	boil
flicker	panda	coil
banker	agenda	foil
hacker	agent	soil
cracker	agency	spoil
lawmaker	soda	toil
caretaker	sodium	broil
woodpecker	propaganda	turmoil

4. pepper	5. onion	6. lemon
pepper	onion	lemon
zipper	union	sermon
slipper	reunion	salmon
upper	opinion	summon
supper	companion	summary
shopper	criterion	summit
copper	champion	common
clipper	camp	commonplace
grasshopper	campaign	commodity

7. date	8. various	9. stuff
date	various	stuff
candidate	serious	stiff
intimidate	mysterious	staff
update	glorious	sniff
upgrade	victorious	cliff
uphold	notorious	tariff
upload	curious	sheriff
download	furious	puff
accommodate	luxurious	dandruff

UNIT 2

Unit 3

【整體記憶密碼】

1. *usual*→2. *oral*→3. *foolish*	平常的→口頭上的→愚蠢的
4. *mister*→5. *oval*→6. *campus*	先生→橢圓形的→校園
7. *intense*→8. *elect*→9. *articulate*	劇烈的→選舉→口齒清晰的

1. usual

usual[2] 〔ˈjuʒʊəl〕 *adj.* 平常的
casual[3] 〔ˈkæʒʊəl〕 *adj.* 非正式的 ⎫ 字尾讀
visual[4] 〔ˈvɪʒʊəl〕 *adj.* 視覺的 ⎭ /ʒʊəl/

ritual[6] 〔ˈrɪtʃʊəl〕 *adj.* 儀式的
punctual[6] 〔ˈpʌŋktʃʊəl〕 *adj.* 準時的 ⎫ 字尾讀
habitual[4] 〔həˈbɪtʃʊəl〕 *adj.* 習慣性的 ⎭ /tʃʊəl/

habit[2] 〔ˈhæbɪt〕 *n.* 習慣
inhabit[6] 〔ɪnˈhæbɪt〕 *v.* 居住於 ⎫ 都有 habit
habitat[6] 〔ˈhæbə͵tæt〕 *n.* 棲息地 ⎭

habit 家族

UNIT 3

【說明】

　　usual–casual–visual 字尾都是 sual，都唸 /ʒʊəl/，中文是「平常的–非正式的–視覺的」。As *usual*, she slept late on Sunday morning.（像平常一樣，她星期天早上睡到很晚才起來。）He is dressed in *casual* clothing.（他穿著非正式的服裝。）The movie has many *visual* effects.（那部電影有很多視覺效果。）

　　<u>ritual</u>-punc<u>tual</u>-habi<u>tual</u>「儀式的–準時的–習慣性的」，字尾都是 tual，唸成 /tʃuəl/。*ritual* *n.* 儀式；例行公事；老規矩；老習慣 *adj.* 儀式的；老規矩的，Their daily *ritual* includes walking the dog.（他們每天的例行儀式包括遛狗。）He drank his *ritual* glass of milk before bed.（他喝了每天睡覺前習慣要喝的牛奶。）Tom is always *punctual*.（湯姆總是很準時。）Jeff is a *habitual* liar.（傑夫習慣說謊。）

　　<u>habit</u>-in<u>habit</u>-<u>habit</u>at「習慣–居住於–棲息地」，三個字都有 habit，重音節的母音都是 /æ/，這個音中文沒有，唸時嘴巴要裂開。It's not his *habit* to be angry.（生氣不是他的習慣。）Elephants *inhabit* the jungle.（大象住在叢林裡。）*habitat* 是「棲息地；住處」，Don't disturb the monkeys in their *habitat*.（不要在猴子住的地方打擾牠們。）

【注意】*inhabit* 是及物動詞，live 是不及物動詞。
　　　　She used to *inhabit* the mountains.
　　　　= She used to *live in* the mountains.
　　　　（她從前住在山上。）

　　habitat〔ˈhæbəˌtæt〕*n.* 單獨背很難，很容易忘記，但是，三個字連在一起背，就變簡單了。

2. oral

這一組太重要了！容易混淆。

oral⁴〔ˈɔrəl〕*adj.* 口頭的
coral⁵〔ˈkɔrəl〕*n.* 珊瑚 ⎱ 字尾是 oral
moral³〔ˈmɔrəl〕*adj.* 道德的

morality⁶〔mɔˈrælətɪ〕*n.* 道德【是 moral 的詞類變化】
morale⁶〔moˈræl〕*n.* 士氣【是 morality 未唸完的發音】
mortal⁵〔ˈmɔrtḷ〕*adj.* 必死的；致命的

fatal⁴〔ˈfetḷ〕*adj.* 致命的
metal⁴〔ˈmɛtḷ〕*n.* 金屬 ⎱ 字尾是 tal
petal²〔ˈpɛtḷ〕*n.* 花瓣

UNIT 3

【說明】

　　oral-coral-moral 三個字都難背，合在一起就變簡單，因為字尾都是 oral。*oral* 是「口頭的」，He gave me an *oral* presentation.（他向我做口頭報告。）*coral*「珊瑚」，通常是粉紅色或紅色的，越紅、越亮，就越貴，是珠寶的一種，The bracelet is made of *coral*.（這手環是珊瑚做的。）*moral*「道德的」，He has a high *moral* character.（他是道德標準很高的人。）

　　第二組 *morality*「道德」是 moral「道德的」的名詞。*morale*〔moˈræl〕*n.* 士氣，這個字夠難唸的，因為 a + 子音

+e 的 a 通常讀 /e/，但這個字卻讀 /æ/，和 morality〔mɔ'rælətɪ〕一比較，可簡單了。先唸 morality〔mɔ'rælətɪ〕，再唸 morale〔mo'ræl〕，就不難了。Company *morale* is very high.（公司的士氣很高。）*mortal* 有兩個主要意思：①必死的（*human and not able to live forever*）②致命的（= *fatal*），All men are *mortal*.（【諺】人皆有死。）

　　第三組特別把 fatal 放在 mortal 的下面，將兩個同義字放在一起。fatal-metal-petal 中文是「致命的–金屬–花瓣」。Not all types of cancer are *fatal*.（不是所有種類的癌症都是致命的。）The shelf is made of *metal*.（那個架子是用金屬製成的。）The flower has white *petals*.（那朵花有白色的花瓣。）

3. foolish

foolish² 〔'fulɪʃ〕*adj.* 愚蠢的
polish⁴ 〔'palɪʃ〕*v.* 擦亮
abolish⁶ 〔ə'balɪʃ〕*v.* 廢除
　　　　　　　　　　　　字尾是 olish /'alɪʃ/

stylish⁵ 〔'staɪlɪʃ〕*adj.* 時髦的
publish⁴ 〔'pʌblɪʃ〕*v.* 出版
establish⁴ 〔ə'stæblɪʃ〕*v.* 建立
　　　　　　　　　　　　字尾是 blish /blɪʃ/

放在一起才能背下 relic

relish⁶ 〔'rɛlɪʃ〕*v.* 享受
relic⁵ 〔'rɛlɪk〕*n.* 遺跡
　　　　　　　　　　字首是 reli

accomplish⁴ 〔ə'kamplɪʃ〕*v.* 達成
　　　　　　　　　　【呼應其他字的字尾 lish】

【説明】

　　第一組三個字可用在日常生活中。The boy is *foolish*. (那個男孩很愚蠢。) (= *The boy is a fool.*) His shoes are not *polished*. (他的鞋子沒擦亮。」The rule must be *abolished*. (這個規定必須廢除。)

　　第二組更好背，看到一位美女很時髦，就可以説：She is very *stylish*. (她非常時髦。) (= *She is very fashionable.*) Our company *publishes* a wide selection of books. (我們公司出版的書籍種類繁多。) The company was *established* last year. (那家公司是去年建立的。」styl<u>ish</u>-publ<u>ish</u>-estab<u>lish</u>，可想像成「她很<u>時髦</u>，<u>出版</u>很多書，<u>建立</u>她的公司。」

　　第三組 *relish*「享受」(= *enjoy*)，*accomplish*「達成」，I *relish* the chance to *accomplish* my goals. (我享受這個達成目標的機會。) *relic*「遺跡；遺物；遺俗」，This letter is a *relic* from the past. (這封信是以前的遺物。)

　　養成背單字的習慣，嘴巴裡不停唸唸有辭，嘴部原來適合説中文的肌肉，很快就適合説英文，單字越背越多，每天都有成就感，不會無聊，身心會越來越好。

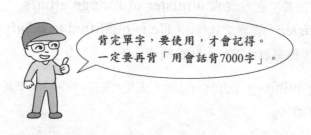

背完單字，要使用，才會記得。
一定要再背「用會話背7000字」。

4. mister

【説明】

　　第一組的 *mister*「先生」，在人名前常縮寫成 Mr.，This is *Mr.* Jones, the owner of the shop.（這是瓊斯先生，是商店的老闆。）單獨用 *mister* 時，常表示譴責：Listen, *mister*, I think you'd better leave right now.（先生，聽好，我覺得你最好馬上離開。）*minister*「部長」，The foreign *minister* went to Africa.（外交部長前往非洲。）「外交部長」也可説成 minister of foreign affairs。*administer*「管理；執行」，He is qualified to *administer* CPR.（他有資格進行心肺復甦術。）

m<u>ister</u>-min<u>ister</u>-admin<u>ister</u>（先生-部長-管理），中英文都可聯想。

第二組 master-monster-disaster，中文是「主人–怪物–災難」，「主人」變成「怪物」即是「災難」。She is a *master* chef. (她是主廚。) The child said there was a *monster* hiding under his bed. (小孩說有個怪物躲在他的床底下。) The party was a *disaster*. (這個派對是一場災難。)

第三組 oyster-lobster-rooster，中文是「牡蠣–龍蝦–公雞」，前兩個是海鮮，都可當食物。The restaurant serves *oysters*. (這家餐廳供應牡蠣。) He doesn't like *lobster*. (他不喜歡龍蝦。) The next-door neighbor has a *rooster*. (隔壁鄰居養了一隻公雞。)

5. *oval*

三個字合在一起才背得下來 ←

oval[4]〔ˈovl̩〕 *adj.* 橢圓形的
naval[6] 〔ˈnevl̩〕 *adj.* 海軍的
medieval[6] 〔ˌmidɪˈivl̩〕 *adj.* 中世紀的 ｝字尾是 val

removal[6] 〔rɪˈmuvl̩〕 *n.* 除去
approval[4] 〔əˈpruvl̩〕 *n.* 贊成 ｝字尾是 oval
interval[6] 〔ˈɪntəvl̩〕 *n.* (時間的) 間隔

interview[2] 〔ˈɪntəˌvju〕 *n.* 面試；探訪
intervene[6] 〔ˌɪntəˈvin〕 *v.* 介入
intervention[6] 〔ˌɪntəˈvɛnʃən〕 *n.* 介入 ｝詞類變化

* medieval 還可唸成〔ˌmɛdɪˈivl̩〕，但美國人少唸。

【說明】

　　第一組的 *oval* 可當形容詞或名詞，作「橢圓形的」或「橢圓形」解，He drew an *oval*.（他畫了一個橢圓形。）*naval* 是「海軍的」，和 navel [6] [ˈnevl̩] *n.* 肚臍 是同音字，知道這一組的字尾是 val，就不會拼錯。He joined the *naval* academy.（他加入海軍軍官學校。）naval 的名詞是 navy [3] [ˈnevɪ] *n.* 海軍。*medieval* 是「中世紀的」，medi (= *middle*) + ev (= *age*) + al (*adj.*)，是指西元 1000 至 1500 年間的，名詞是 medieval times「中世紀」。This book is from *medieval* times.（這本書是中世紀的書。）o<u>val</u>-na<u>val</u>-medie<u>val</u> 字尾都是 val，會唸就會拼。

　　第二組的 *removal* 是「除去」，He watched the *removal* of the tree.（他看著那棵樹被除掉。）removal 的動詞是 remove [3] [rɪˈmuv] *v.* 除去。*approval* 是「贊成；同意」，He asked for our *approval*.（他請求我們的同意。）*interval* 是「（時間的）間隔；（空間的）間隔」，The normal *interval* between our meetings is six weeks.（我們召開會議的間隔通常是六個禮拜。）rem<u>oval</u>-appr<u>oval</u>-inter<u>val</u>，前兩個字的 o 都讀 /u/，唸一遍就可以記得，唸 10 遍就成爲終生記憶。

　　<u>inter</u>view-<u>inter</u>vene-<u>inter</u>vention（面試–介入–介入），中英文都可聯想。He declined to be *interviewed*.（他拒絕接受探訪。）I don't want to *intervene*.（我不想介入。）The dispute was resolved with my *intervention*.（這項爭論因爲我的介入而解決。）

UNIT 3

6. campus

字首是 octo →

campus [3] 〔'kæmpəs 〕 *n.* 校園
octopus [5] 〔'ɑktəpəs 〕 *n.* 章魚   字尾是 pus
October [1] 〔 ɑk'tobɚ 〕 *n.* 十月

virus [4] 〔'vaɪrəs 〕 *n.* 病毒
versus [5] 〔'vɝsəs 〕 *prep.* …對…   字尾是 us
consensus [6] 〔 kən'sɛnsəs 〕 *n.* 共識

status [4] 〔'stætəs , 'stetəs 〕 *n.* 地位
lotus [5] 〔'lotəs 〕 *n.* 蓮花   字尾是 tus
cactus [5] 〔'kæktəs 〕 *n.* 仙人掌

這一組太精彩了！

* status 中國人多唸成〔'stetəs 〕，是英式唸法，美國人多唸〔'stætəs 〕。

【說明】

第一組的 *campus* 是「校園」，camp 是「露營」，us 是「我們」，「我們」一起去「校園」「露營」。I saw her on *campus*.（我在校園看到她。）*octopus*「章魚」，octo (= *eight*) + pus (= *foot*)，The divers encountered an *octopus*.（那些潛水夫遇到一隻章魚。）*October* 是「十月」（最早以前是「八月」）。octopus 和 October，合在一起就好背了，因為字首都是 octo。

第二組的 *virus* 是「病毒」，He has contracted a *virus*.（他感染了一種病毒。）*versus*「…對…」(= *vs.*)，The match tonight is China *versus* Japan.（今晚的比賽是中國對日本。）*consensus* 是「共識」，con (= *together*) + sensus (= *feeling*)，一起有的感覺，就是「共識」，There is no *consensus* on the subject.（關於這個主題，沒有共識。）你唸唸看：'virus-'versus-con'sensus，三個字都不簡單，合在一起背就容易多了。

第三組的 ***status*** 是「地位」，不要和 state「狀態」搞混。***lotus***「蓮花」和 ***cactus***「仙人掌」都是植物。三個字一起背：'status-'lotus-'cactus，非常順。A nice car is a ***status*** symbol.（好車是地位的象徵。）He enjoys ***lotus*** root soup.（他喜歡蓮藕湯。）The ***cactus*** doesn't need much water.（仙人掌不需要很多水。）

7. *intense*

UNIT 3

intense[4]〔ɪn'tɛns〕*adj.* 劇烈的
intensify[4]〔ɪn'tɛnsə,faɪ〕*v.* 加強 } 詞類變化
intensity[4]〔ɪn'tɛnsətɪ〕*n.* 強度

intensive[4]〔ɪn'tɛnsɪv〕*adj.* 密集的
extensive[5]〔ɪk'stɛnsɪv〕*adj.* 大規模的 } 字尾是 ensive
expensive[2]〔ɪk'spɛnsɪv〕*adj.* 昂貴的

offensive[4]〔ə'fɛnsɪv〕*adj.* 攻擊性的
defensive[4]〔dɪ'fɛnsɪv〕*adj.* 防禦的 } 字尾是 ensive
comprehensive[6]〔,kɑmprɪ'hɛnsɪv〕*adj.*
　　全面的

【説明】

　　這九個字的排列，前面四個字是 intense 的詞類變化，後面六個字字尾都是 ensive，一個一個背很難，合在一起就變簡單。

　　第一組 <u>inten</u>se-<u>inten</u>sify-<u>inten</u>sity（劇烈的–加強–強度），
intense 還可翻成「強烈的；極度的」，The pain was *intense*.
（疼痛很劇烈。）The pressure was *intense*.（壓力很大。）
I had an *intense* workout this morning.（今天早上我做了劇
烈的運動。）The storm has *intensified*.（暴風雨已經增強了。）
He can't control the *intensity* of his emotions.（他無法控制
他的情感強度；他很情緒化。）

　　intensive 是「密集的」，The course requires *intensive*
study.（這門課需要密集的學習。）*extensive*「大規模的」，The
school has an *extensive* library.（學校有大規模的圖書館。）
expensive「昂貴的」，The ticket was *expensive*.（票很貴。）
<u>int</u>ensive-<u>ext</u>ensive-<u>exp</u>ensive 字尾都是 ensive，唸兩遍就
可以記得。

　　offensive 是「攻擊性的；冒犯的；無禮的」，His speech
was *offensive*.（他說的話有攻擊性。）*defensive*「防禦的；
生氣的」，She gets *defensive* when criticized.（當她受到批
評時，會非常生氣。）*comprehensive*「全面的；理解的」，
它的名詞是 comprehension[5]〔͵kɑmprɪˋhɛnʃən〕*n.* 理解力；
廣泛性，We offer a *comprehensive* training program.
（我們提供一個全面的訓練課程。）offensive-defensive-
comprehensive 字尾都是 ensive，而 offensive 和
defensive 是反義字，要注意 comprehensive 有兩個主要
意思，一個是「全面的」（= *overall*），一個是「理解的」，
前者較常用。You have a *comprehensive* knowledge of
history.（你對歷史有全盤的了解。）

8. elect

<u>elect</u> ² ﹝ ɪˋlɛkt ﹞ v. 選舉
se<u>lect</u> ² ﹝ səˋlɛkt ﹞ v. 挑選 ⎫
co<u>llect</u> ² ﹝ kəˋlɛkt ﹞ v. 收集 ⎬ 字尾是 lect

neg<u>lect</u> ⁴ ﹝ nɪˋglɛkt ﹞ v. 忽略 ⎫
ref<u>lect</u> ⁴ ﹝ rɪˋflɛkt ﹞ v. 反射 ⎬ 字尾是 lect
inte<u>llect</u> ⁶ ﹝ˋɪntḷˌɛkt ﹞ n. 智力 ⎭

<u>intelle</u>ctual ⁴ ﹝ˌɪntḷˋɛktʃʊəl﹞ adj. 智力的
<u>intelli</u>gent ⁴ ﹝ ɪnˋtɛlədʒənt ﹞ adj. 聰明的 ⎫
<u>intelli</u>gence ⁴ ﹝ ɪnˋtɛlədʒəns ﹞ n. 聰明 ⎬ 詞類變化

【說明】

第一組 e<u>lect</u>-se<u>lect</u>-co<u>llect</u>：

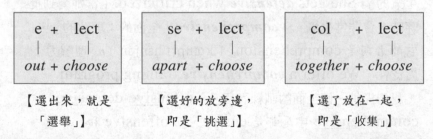

e + lect	se + lect	col + lect
out + choose	apart + choose	together + choose
【選出來，就是 「選舉」】	【選好的放旁邊， 即是「挑選」】	【選了放在一起， 即是「收集」】

The country will *elect* a new leader next month.（那個國家下個月將選一位新的領導者。）He *selected* a blue shirt.（他選了一件藍色的襯衫。）The landlord came to *collect* the rent.（房東來收房租。）

第二組 neg<u>lect</u>-ref<u>lect</u>-intel<u>lect</u>：

neg + lect
| |
not + *choose*

【不選擇，即「忽視」】

intel + lect
| |
between + *choose*

【能分辨是非，即
有「智力」】

These buildings have been ***neglected***. (這些建築物都被忽略
了。) His speech doesn't ***reflect*** our views. (他的演講並沒
有反映我們的看法。) You are a man of great ***intellect***. (你是
一個有大智慧的人。)

第三組 ***intellectual*** 「智力的；理解力的；受過高等教育的；
知識份子的；聰明的；理智的」，當名詞是「知識份子」，You're
an ***intellectual*** person. (你是受過高等教育的人；你是知識份
子。) (= *You're an intellectual.*) You made an intellectual
decision. (你做了一個聰明的決定。) (= *You made an intelligent
decision.*) ***intelligent*** 「聰明的」，She is an ***intelligent*** girl.
(她是個聰明的女孩。) ***intelligence*** 「智力；聰明才智」和
intellect「智力」是同義字。Don't question his ***intelligence***.
(不要質疑他的智力。)

這一回九個字，e<u>lect</u>-se<u>lect</u>-co<u>llect</u> 唸一遍就可以記得；
neg<u>lect</u>-re<u>flect</u>-<u>intellect</u>，intellect 重音在第一個音節；
intellectual「智力的」，再加上兩個詞類變化，intelligent 和
intelligence，背完這九個字會很有成就感。

UNIT 3

9. articulate

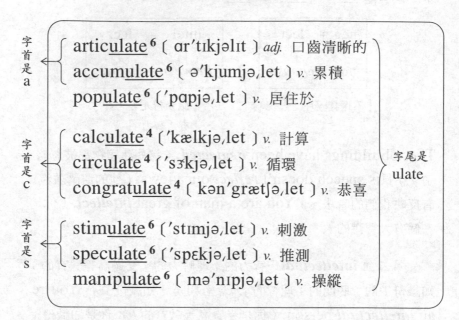

字首是 a	articulate[6]	〔 ɑrˈtɪkjəlɪt 〕	*adj.*	口齒清晰的
	accumulate[6]	〔 əˈkjumjə͵let 〕	*v.*	累積
	populate[6]	〔ˈpɑpjə͵let 〕	*v.*	居住於
字首是 c	calculate[4]	〔ˈkælkjə͵let 〕	*v.*	計算
	circulate[4]	〔ˈsɝkjə͵let 〕	*v.*	循環
	congratulate[4]	〔 kənˈgrætʃə͵let 〕	*v.*	恭喜
字首是 s	stimulate[6]	〔ˈstɪmjə͵let 〕	*v.*	刺激
	speculate[6]	〔ˈspɛkjə͵let 〕	*v.*	推測
	manipulate[6]	〔 məˈnɪpjə͵let 〕	*v.*	操縱

字尾是 ulate

【說明】

問：爲什麼這九個字容易背？

答：分組有助於記憶，三字一組，分成三組，這三組字尾都是 ulate，字尾 ate 的動詞，重音都在倒數第三個音節上。

第一組由 a 開頭，***articulate***「口齒清晰的；口才好的」，這個字是得分的關鍵字，你看到一個人，老是說好聽的話，你就可以一口氣說三句，告訴他你眞會說話：

What a sweet talker!（你眞會說話！）
You are very ***articulate***.（你口才很好。）
You always say something nice.
（你總是說些好聽的話。）

accumulate「累積」，Only if you don't forget what you learn, can you *accumulate* knowledge.（唯有學了不忘，才能累積知識。）*populate*「居住於」，Those people *populate* the mountains.（那些人住在山上。）第一組三個字 articulate-accumulate-populate，唸三遍看是否能記下來？記住前兩個字是 a 開頭，三個字的重音都在倒數第三音節。一般人一天背 10 個單字，不等於一年背了 3,650 個，因爲背了後面，忘了前面。「一分鐘背 9 個單字」讓你背過不忘記。

　　第二組 *calculate* 是「計算」，它的名詞是，calculation[4]〔͵kælkjə'leʃən〕 *n.* 計算，calculator[4]〔'kælkjə͵letə〕 *n.* 計算機。*circulate*「循環」，它的延伸字有：circle[2]〔'sɝkl̩〕 *n.* 圓圈，circular[4]〔'sɝkjələ〕 *adj.* 圓的，circulation[4]〔͵sɝkjə'leʃən〕 *n.* 循環。背一個 circulate，等於背了四個字。

congratulate「恭喜」，這個字用法和 thank 一樣，不能說 *Thank your money.*（誤），不能和中文一樣說：「謝謝你的錢。」要說成 *Thank* you *for* your money. 看到別人成功可以說：I *congratulate* you *on* your success.（我恭賀你成功。）它的名詞是 congratulation〔kən͵grætʃə'leʃən〕 *n.* 恭喜。看到別人成功可說：Congratulations!（恭喜！恭喜！）中國人通常說：「恭喜！恭喜！」，但美國人只說一聲 *Congratulations!* 用複數形。

　　有些名詞永遠用複數形，像 stairs（樓梯），riches（財富），regards（問候），thanks（感謝），savings（儲金），goods（商品），ruins（廢墟），sweets（糖果），wishes（祝福），greetings（問候）等。【詳見「文法寶典」p.84】第二組三個字都是 c 開頭，calculate-circulate-congratulate，這三個四級單字，唸三遍，如果記不下來，恐怕是頭腦記憶體出問題，要多背單字治療。

UNIT 3

　　第三組的 ***stimulate*** 「刺激」，它的延伸字有，stimulation[6] 〔ˌstɪmjəˈleʃən〕 *n.* 刺激，和 stimulus[6] 〔ˈstɪmjələs〕 *n.* 刺激 (物)。***speculate*** *v.* 推測，延伸出四個重要單字：

　　　　spectacle[5] 〔ˈspɛktəkl̩〕 *n.* 壯觀的場面；奇觀；(*pl.*) 眼鏡
　　　　spectacular[6] 〔 spɛkˈtækjələ 〕 *adj.* 壯觀的
　　　　spectator[5] 〔ˈspɛktetə〕 *n.* 觀眾
　　　　spectrum[6] 〔ˈspɛktrəm〕 *n.* 光譜

```
┌─────────────────┐   ┌─────────────────┐
│  spec + ulate   │   │  spect + acle   │
│    │     │      │   │    │      │      │
│  look  +  v.    │   │  look  +  物     │
└─────────────────┘   └─────────────────┘
【「推測」要用看的】      【看的東西】
```

manipulate *v.* 操縱，延伸出 manifest[5] 〔ˈmænəˌfɛst〕 *v.* 表露；表示。

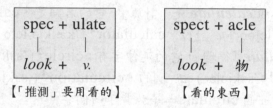

```
┌──────────────────────┐   ┌──────────────────────┐
│  mani + pul + ate    │   │   mani + fest        │
│    │     │     │      │   │     │      │         │
│    手  + pull +  v.   │   │     手  +  strike      │
└──────────────────────┘   └──────────────────────┘
【用手拉就是「操縱」】        【用手敲打→表示】
```

第三組 stimu<u>late</u>-specu<u>late</u>-mani<u>pul</u>ate 我們巧妙的編排，前兩個都是 s 開頭，第三個字裡的 p 和第二個字裡的 p 相呼應，你唸三遍，就可以記下來。

全部九個字，再唸 10 遍，就能記下來。唸 30 遍，唸至六秒內，成爲直覺，就能成爲終生記憶！如此一組一組的背下去，英文單字就可快速增加！

UNIT 3

不斷地看中文唸英文，能夠專心，有助於做翻譯題。

1. 平常的 _____
非正式的 _____
視覺的 _____

儀式的 _____
準時的 _____
習慣性的 _____

習慣 _____
居住於 _____
棲息地 _____

2. 口頭的 _____
珊瑚 _____
道德的 _____

道德 _____
士氣 _____
必死的；致命的 ___

致命的 _____
金屬 _____
花瓣 _____

3. 愚蠢的 _____
擦亮 _____
廢除 _____

時髦的 _____
出版 _____
建立 _____

享受 _____
遺跡 _____
達成 _____

4. 先生 _____
部長 _____
管理 _____

主人；大師 _____
怪物 _____
災難 _____

牡蠣 _____
龍蝦 _____
公雞 _____

5. 橢圓形的 _____
海軍的 _____
中世紀的 _____

除去 _____
贊成 _____
（時間的）間隔 ___

面試；採訪 _____
介入 _____
介入 _____

6. 校園 _____
章魚 _____
十月 _____

病毒 _____
…對… _____
共識 _____

地位 _____
蓮花 _____
仙人掌 _____

7. 劇烈的 _____
加強 _____
強度 _____

密集的 _____
大規模的 _____
昂貴的 _____

攻擊性的 _____
防禦的 _____
全面的 _____

8. 選舉 _____
挑選 _____
收集 _____

忽略 _____
反射 _____
智力 _____

智力的 _____
聰明的 _____
聰明 _____

9. 口齒清晰的 _____
累積 _____
居住於 _____

計算 _____
循環 _____
恭喜 _____

刺激 _____
推測 _____
操縱 _____

UNIT 3

Unit 3 總整理：下面單字背至1分鐘內，終生不忘記。

1. *usual*	2. *oral*	3. *foolish*
usual	oral	foolish
casual	coral	polish
visual	moral	abolish
ritual	morality	stylish
punctual	morale	publish
habitual	mortal	establish
habit	fatal	relish
inhabit	metal	relic
habitat	petal	accomplish

4. *mister*	5. *oval*	6. *campus*
mister	oval	campus
minister	naval	octopus
administer	medieval	October
master	removal	virus
monster	approval	versus
disaster	interval	consensus
oyster	interview	status
lobster	intervene	lotus
rooster	intervention	cactus

7. *intense*	8. *elect*	9. *articulate*
intense	elect	articulate
intensify	select	accumulate
intensity	collect	populate
intensive	neglect	calculate
extensive	reflect	circulate
expensive	intellect	congratulate
offensive	intellectual	stimulate
defensive	intelligent	speculate
comprehensive	intelligence	manipulate

UNIT 3

Unit 4

【整體記憶密碼】

1. *stranger*→2. *recent*→3. *bill*　　陌生人→ 最近的→ 帳單

4. *anger*→5. *nag*→6. *mar*　　　生氣→嘮叨→損傷

7. *medicine*→8. *hug*→9. *cheer*　　藥→擁抱→使高興

1. stranger

stranger³〔´strendʒɚ〕n. 陌生人
passenger²〔´pæsṇdʒɚ〕n. 乘客
messenger⁴〔´mɛsṇdʒɚ〕n. 信差；
　送信的人 ｝字尾是 ssenger

danger¹〔´dendʒɚ〕n. 危險
endanger⁴〔ɪn´dendʒɚ〕v. 危害 ｝都有 danger
manager³〔´mænɪdʒɚ〕n. 經理

ginger⁴〔´dʒɪndʒɚ〕n. 薑
teenager²〔´tin͵edʒɚ〕n. 青少年
teenage²〔´tin͵edʒ〕adj. 十幾歲的 ｝詞類變化

UNIT 4

【說明】

這一組歸納 ger 讀 /dʒɚ/ 的音，stranger-passenger-messenger（陌生人–乘客–送信的人），中文意思也可聯想。

A *stranger* entered the room. (一位陌生人進入了房間。)
The *passengers* boarded the plane. (乘客上了飛機。)
The *messenger* has arrived. (送信的人已經到達。)

danger-endanger-manager (危險–危害–經理)，當經理是危險的事。We are in *danger*. (我們有危險。 」This type of tiger is *endangered*. (這種老虎瀕臨絕種。)
【*endangered species* 瀕臨絕種的動物】I'd like to speak with the *manager*. (我想要和經理說話。)

ginger-teenager-teenage (薑–青少年–十幾歲的)，The dish contains *ginger*. (這道菜有薑。) He is no longer a *teenager*. (他不再是青少年。) She has a *teenage* daughter. (她有個十幾歲的女兒。)

2. recent

recent [2] 〔ˈrisn̩t〕 *adj.* 最近的
decent [6] 〔ˈdisn̩t〕 *adj.* 高尚的 } 字尾是 cent
accent [4] 〔ˈæksɛnt〕 *n.* 口音

percent [4] 〔pɚˈsɛnt〕 *n.* 百分之…
innocent [3] 〔ˈɪnəsn̩t〕 *adj.* 清白的；天真的 } 字尾是 cent
magnificent [4] 〔mæɡˈnɪfəsn̩t〕 *adj.* 壯麗的

scent [5] 〔sɛnt〕 *n.* 氣味
descent [6] 〔dɪˈsɛnt〕 *n.* 下降 } 都有 scent
adolescent [5] 〔ˌædl̩ˈɛsn̩t〕 *n.* 青少年

*三個字一起背，比單獨背 adolescent 簡單。

【説明】

ˈrecent-ˈdecent-ˈaccent 重音都在第一個音節。This is the most *recent* version of the phone. (這是最新型的電話。)【version⁶〔ˈvɝʒən〕*n.* 版本】*decent*「高尚的；得體的；正派的」，He is a *decent* teacher. (他是正派的老師。) You have a typical American *accent*. (你有典型的美國口音。)

They gave me a 50 *percent* discount. (他們給我打五折。) She is *innocent* and shy. (她既天真又害羞。) Our room has a *magnificent* view of the mountains. (我們的房間有壯麗的山景。)

scent「氣味」和 cent「分」是同音字。I'm allergic to the *scent* of your perfume. (我對你的香水味過敏。) The plane began its *descent*. (飛機開始下降。) *adolescent*「青少年」的同義字有：teenager, youth, minor, juvenile, young adult。He was an *adolescent* when his parents divorced. (當他的父母離婚時，他還是青少年。)

【比較】

a + scent	de + scent
| |	| |
to + climbing	*down + climbing*

【往上爬，即「上升」】　　【往下爬，即「下降」】

UNIT 4

3. bill

bi<u>ll</u>² 〔 bɪl 〕 *n.* 帳單
fi<u>ll</u>¹ 〔 fɪl 〕 *v.* 使充滿
fulfi<u>ll</u>⁴ 〔 fʊlˋfɪl 〕 *v.* 實現 ｝ 都有 fill

hi<u>ll</u>¹ 〔 hɪl 〕 *n.* 山丘
ki<u>ll</u>¹ 〔 kɪl 〕 *v.* 殺死
ski<u>ll</u>¹ 〔 skɪl 〕 *n.* 技巧 ｝ 都有 kill

mi<u>ll</u>³ 〔 mɪl 〕 *n.* 磨坊
pi<u>ll</u>³ 〔 pɪl 〕 *n.* 藥丸
spi<u>ll</u>³ 〔 spɪl 〕 *v.* 灑出 ｝ 都有 pill

太容易背了！

UNIT 4

【說明】

The server brought the *bill*. (服務員把帳單拿來了。)
Please *fill* out this form. (請填寫這個表格。)
【*fill out* 填寫】*fulfill*「履行；實現；滿足（需求）」，He
must *fulfill* the requirements. (他必須滿足這些要求。)

h<u>ill</u>-k<u>ill</u>-sk<u>ill</u> (山丘–殺死–技巧)，The boys climbed
up the *hill*. (那些男孩爬上山丘。) This poison can *kill*
you. (這毒藥會把你殺死。) *skill*「技巧；技能」，He has
many *skills*. (他有很多技能。)

mill「磨坊；磨粉機；工廠」，We visited a lumber *mill*. (我們去參觀木材工廠。) She took the *pill*. (她吃了藥丸。) He *spilled* the wine. (他把酒灑出去了。)

4. anger

一定要看說明！

anger [1] 〔ˈæŋgɚ〕 *n.* 生氣
trigger [6] 〔ˈtrɪgɚ〕 *v.* 引發　*n.* 扳機
stagger [5] 〔ˈstægɚ〕 *v.* 蹣跚；搖晃地走　　字尾是 gger

hunger [2] 〔ˈhʌŋgɚ〕 *n.* 飢餓
burger [2] 〔ˈbɝgɚ〕 *n.* 漢堡
linger [5] 〔ˈlɪŋgɚ〕 *v.* 逗留；徘徊　　字尾是 ger

eager [3] 〔ˈigɚ〕 *adj.* 渴望的
eagle [1] 〔ˈigḷ〕 *n.* 老鷹
giggle [4] 〔ˈgɪgḷ〕 *v.* 咯咯地笑；傻笑　　字尾是 gle

UNIT 4

【說明】

anger-trigger-stagger (生氣–引發–搖晃地走)，中英文都可聯想。He spoke in *anger*. (他生氣地說話。) *trigger* 當名詞時，是「扳機」，當動詞時，則作「引發」解，He pulled the *trigger*. (他扣了扳機。) The man *staggered* in the street. (那個男人搖搖晃晃地在街上走。)

hunger-burger-linger（飢餓–漢堡–逗留），中英文都可聯想。Many people in poor countries suffer from **hunger**.（在貧窮的國家有許多人在挨餓。）Let's grab a **burger**.（我們去吃漢堡吧。）She didn't want to **linger** too long.（她不想停留太久。）

eager-eagle-giggle（渴望的–老鷹–咯咯地笑），He is **eager** to find a job.（他急著想找一份工作。）The **eagle** landed on the roof.（老鷹降落在屋頂上。）The boy **giggled**.（那男孩咯咯地笑。）

5. nag

nag⁵〔næg〕v. 嘮叨
lag⁴〔læg〕n.v. 落後
flag²〔flæg〕n. 旗子　　｝都有 lag

tag³〔tæg〕n. 標籤
rag³〔ræg〕n. 破布
drag²〔dræg〕v. 拖　　｝都有 rag

字尾都是 ag

字首是 wa｛
wag³〔wæg〕v. 搖動（尾巴）
wax³〔wæks〕n. 蠟
wagon³〔'wægən〕n. 四輪馬車

【説明】

> 這九個字的 a 都讀 /æ/，背這九個字，有助於練習發 /æ/
> 的音，中文沒有這個音，所以唸的時候，嘴巴要裂開來。
> *nag*「嘮叨；碎碎唸；對…糾纏不休」，The boy *nagged*
> his mother to buy a toy. (這小男孩纏著他的媽媽要買玩
> 具。) He *lagged* behind the group. (他落在團隊的後
> 面。) They raised the *flag*. (他們把旗子升上去。)

> tag-rag-drag (標籤–破布–拖)，This shirt doesn't
> have a price *tag*. (這件襯衫沒有價格標籤。) He used a
> *rag* to wipe the counter. (他用一條破布來擦櫃台。) He
> *dragged* his luggage down the sidewalk. (他在人行道上
> 拖著行李。)

> wag-wax-wagon (搖動–蠟–四輪馬車)，三個字的字首
> 都是 wa。The dog *wagged* its tail. (狗搖著牠的尾巴。)
> He applied *wax* to his car. (他把車子打蠟。) The girl
> sat in the *wagon*. (這女孩坐在四輪馬車裡。)

> 背這九個字可以想像，有人「嘮叨」(nag) 說你「落後」
> (lag)，替你搖「旗」(flag) 吶喊加油。「標籤」(tag) 髒了，
> 用「破布」(rag) 擦，再用拖把「拖」(draw)。狗「搖動」
> (wag) 尾巴，主人打「蠟」(wax)，看到「四輪馬車」
> (wagon) 來了。

UNIT 4

6. mar

合在一起多好背！

mar⁶〔 mar 〕*v.* 損害；損傷
marvel⁵〔'marvḷ〕*v.* 驚訝
marvelous³〔'marvḷəs〕*adj.* 令人驚嘆的；很棒的 ⎫ 詞類變化

mark²〔 mark 〕*n.* 記號 *v.* 做記號
march³〔 martʃ 〕*v.* 行軍；行進
marble³〔'marbḷ〕*n.* 大理石；彈珠 ⎫ 字首都是 mar

margin⁴〔'mardʒɪn〕*n.* 邊緣；差距；頁邊的空白 ⎫ 詞類變化
marginal⁵〔'mardʒɪnḷ〕*adj.* 邊緣的；非常小的
original³〔ə'rɪdʒənḷ〕*adj.* 最初的；原本的

【説明】

mar-marvel-marvelous 由短到長，一個 *marvelous* 包含三個字。*mar* 是「損害；損傷」(= *hurt*)，Being fired will *mar* his reputation. (被開除會損害他的名聲。) Many tourists *marvel* at Taipei 101. (許多觀光客對台北 101 大樓感到驚嘆。) We had a *marvelous* time. (我們玩得很愉快。)

mark-march-marble，字首都是 mar，He *marked* the date on the calendar. (他在日曆上的那個日期做記號。) They *marched* down the street. (他們在街上行軍。) The counter-tops are made of *marble*. (那些櫃台的台面是用大理石製造的。)

margin-marginal-original 前兩個字是詞類變化，後兩個字的字尾相同。He won the race by a large *margin*. (他以大幅的

差距贏了賽跑。) We don't make much money. Our profit is
marginal. (我們賺的錢不多。我們的利潤很小。) My *original*
idea was to leave at 5. (我原本想要五點走。)

7. *medicine*

medi<u>cine</u>² 〔'mɛdəsṇ 〕 *n.* 藥
medi<u>cal</u>³ 〔'mɛdɪkḷ 〕 *adj.* 醫學的;醫療的 ⎫ 詞類變化
medi<u>cation</u>⁶ 〔,mɛdɪ'keʃən 〕 *n.* 藥物治療 ⎭

m<u>edal</u>³ 〔'mɛdḷ 〕 *n.* 獎牌
p<u>edal</u>⁴ 〔'pɛdḷ 〕 *n.* 踏板 *v.* 騎 (腳踏車)
p<u>eddl</u>er⁵ 〔'pɛdlɚ 〕 *n.* 小販 ⎬ 字尾是 edal

小販常騎車叫賣

s<u>andal</u>⁵ 〔'sændḷ 〕 *n.* 涼鞋
scan⁵ 〔 skæn 〕 *v.* 掃描;瀏覽
sc<u>andal</u>⁵ 〔'skændḷ 〕 *n.* 醜聞 ⎬ 第一和第三個字的字尾是 andal

【說明】

medi<u>cine</u>-medi<u>cal</u>-medi<u>cation</u> 唸一遍就可記得。He
took the *medicine*. (他吃了藥。) She works at the *medical*
clinic. (她在醫療診所上班。) The *medication* is not
working. (這種藥吃了沒用。)

medal 是「獎牌」,不要和 metal² 〔'mɛtḷ 〕 *n.* 金屬 搞混。
He was awarded a *medal*. (他獲頒一面獎牌。) Take your
foot off the gas *pedal*. (不要踩油門。) I bought some
peanuts from a *peddler*. (我從小販那裡買了一些花生。)

UNIT 4

sandal-scan-sc<u>andal</u>（涼鞋–掃描–醜聞），重音節的 a 都讀 /æ/。I bought a pair of *sandals*.（我買了一雙涼鞋。）She *scanned* the document on the computer.（她瀏覽電腦上的文件。）She is not involved in the *scandal*.（她沒有涉及醜聞。）

8. hug

超容易背！

h<u>ug</u>³〔hʌg〕*v. n.* 擁抱
r<u>ug</u>³〔rʌg〕*n.*（小塊）地毯 ⎱ 字尾是 ug
dr<u>ug</u>³〔drʌg〕*n.* 藥

b<u>ug</u>³〔bʌg〕*n.* 小蟲
m<u>ug</u>¹〔mʌg〕*n.* 馬克杯 ⎱ 字尾是 ug
j<u>ug</u>⁵〔dʒʌg〕*n.* 水罐

t<u>ug</u>³〔tʌg〕*v.* 用力拉
pl<u>ug</u>³〔plʌg〕*n.* 插頭　*v.* 插插頭 ⎱ 字尾是 ug
shr<u>ug</u>⁴〔ʃrʌg〕*v.* 聳（肩）

【說明】

擁抱（hug）是美國人的文化，擁抱儘量在公開的場合。*hug* 可當名詞或動詞，Can I *hug* you?（我可以擁抱你嗎？）Can I have a *hug*?（我可以擁抱一下嗎？）不可說成：*Can I have a hug with you?*（誤）with you 是多餘的，所以背句子最安全。The dog is sleeping on the *rug*.（狗在地毯上睡覺。）He doesn't take *drugs*, even if he's sick.（他即使生病也不吃藥。）

第二組的 bug-mug-jug，中文的意思是「小蟲-馬克杯-水罐」，中英文都可聯想。There's a **bug** on the windshield.（在擋風玻璃上有一隻小蟲。）I bought a coffee **mug** at the airport.（我在機場買了一個喝咖啡的馬克杯。）Please pour water from the **jug** for me.（請從水罐倒水給我。）

第三組的 tug-plug-shrug，中文的意思是「用力拉-插頭-聳（肩）」，中英文都可聯想。She **tugged** my arm.（她用力拉我的手臂。）**tug** 是及物或不及物兩用動詞，這句話也可說成：She **tugged at** my arm. 意思相同。**plug** 當名詞是「插頭」，當動詞則作「插插頭」解，Don't touch the **plug** with a wet hand.（不要用濕的手碰插頭。）Please **plug** in the computer.（請插上電腦的插頭。）**shrug** 的意思是「聳（肩）」，The boy **shrugged** his shoulders.（那男孩聳了聳肩。）

9. *cheer*

cheer³〔tʃɪr〕v. 使高興；使振作 ⎫
peer⁴〔pɪr〕n. 同儕　　　　　　　⎬ 字尾是 eer
career⁴〔kə'rɪr〕n. 事業　　　　　⎭

jeer⁵〔dʒɪr〕v. 嘲笑　　　　　　　⎫
sneer⁶〔snɪr〕v. 嘲笑；輕視　　　⎬ 字尾是 eer
steer⁵〔stɪr〕v. 駕駛　　　　　　　⎭

sheer⁶〔ʃɪr〕adj. 全然的；絕對的 ⎫
queer³〔kwɪr〕adj. 奇怪的　　　　⎬ 字尾是 eer
volunteer⁴〔ˌvɑlən'tɪr〕v. 自願　n. 自願者 ⎭

* 字尾是 eer，重音在最後一個音節上。

UNIT 4

【説明】

你可以説：Let me *cheer* you up.（讓我來使你高興起來吧。）(= *Let me make you happy.*) *Peer* pressure doesn't affect her.（同輩的壓力並未影響她。）You have a good *career*.（你有好的事業。）

jeer 和 *sneer* 是同義字，都作「嘲笑」解，但 *jeer* 是及物動詞，*sneer* 是不及物動詞。The audience *jeered* the speaker.（觀眾嘲笑演講者。）(= *The audience sneered at the speaker.*) 及物動詞可用被動，The speaker was *jeered* by the audience.（演講者被觀眾嘲笑。）The lady *sneered* at me.（這位女士嘲笑我。）I don't deserve to be *jeered*.（我不該被嘲笑。）*steer* 的意思是「駕駛」，He *steered* the boat.（他駕駛那艘船。）

sheer「全然的；絕對的；完全的；十足的；徹底的」，依前後句意來判斷。You will succeed by *sheer* determination.（只要有決心，你就會成功。）*sheer* 在名詞前可用來加強語氣。He has a *queer* accent.（他有奇怪的口音。）I will *volunteer* to help clean the house.（我會自願幫忙打掃房子。）

You will succeed by sheer determination.

不斷地看中文唸英文，能夠專心，有助於做翻譯題。

1. 陌生人 _____
　　乘客 _____
　　信差；送信的人 ___

　　危險 _____
　　危害 _____
　　經理 _____

　　薑 _____
　　青少年 _____
　　十幾歲的 _____

2. 最近的 _____
　　高尚的 _____
　　口音 _____

　　百分之… _____
　　清白的；天真的 ___
　　壯麗的 _____

　　氣味 _____
　　下降 _____
　　青少年 _____

3. 帳單 _____
　　使充滿 _____
　　實現 _____

　　山丘 _____
　　殺死 _____
　　技巧 _____

　　磨坊 _____
　　藥丸 _____
　　灑出 _____

4. 生氣 _____
　　引發 _____
　　蹣跚；搖晃地走 ___

　　飢餓 _____
　　漢堡 _____
　　逗留；徘徊 _____

　　渴望的 _____
　　老鷹 _____
　　咯咯地笑 _____

5. 嘮叨 _____
　　落後 _____
　　旗子 _____

　　標籤 _____
　　破布 _____
　　拖 _____

　　搖動（尾巴）_____
　　蠟 _____
　　四輪馬車 _____

6. 損害；損傷 _____
　　驚訝 _____
　　令人驚嘆的 _____

　　記號 _____
　　行軍；行進 _____
　　大理石；彈珠 _____

　　邊緣；差距 _____
　　邊緣的 _____
　　最初的；原本的 ___

7. 藥 _____
　　醫學的；醫療的 ___
　　藥物治療 _____

　　獎牌 _____
　　踏板 _____
　　小販 _____

　　涼鞋 _____
　　掃描；瀏覽 _____
　　醜聞 _____

8. 擁抱 _____
　　（小塊）地毯 _____
　　藥 _____

　　小蟲 _____
　　馬克杯 _____
　　水罐 _____

　　用力拉 _____
　　插頭 _____
　　聳（肩）_____

9. 使高興；使振作 ___
　　同儕 _____
　　事業 _____

　　嘲笑 _____
　　嘲笑；輕視 _____
　　駕駛 _____

　　全然的；絕對的 _____
　　奇怪的 _____
　　自願 _____

UNIT 4

Unit 4　總整理：下面單字背至1分鐘內，終生不忘記。

1. stranger	*2. recent*	*3. bill*
stranger	recent	bill
passenger	decent	fill
messenger	accent	fulfill
danger	percent	hill
endanger	innocent	kill
manager	magnificent	skill
ginger	scent	mill
teenager	descent	pill
teenage	adolescent	spill

4. anger	*5. nag*	*6. mar*
anger	nag	mar
trigger	lag	marvel
stagger	flag	marvelous
hunger	tag	mark
burger	rag	march
linger	drag	marble
eager	wag	margin
eagle	wax	marginal
giggle	wagon	original

7. medicine	*8. hug*	*9. cheer*
medicine	hug	cheer
medical	rug	peer
medication	drug	career
medal	bug	jeer
pedal	mug	sneer
peddler	jug	steer
sandal	tug	sheer
scan	plug	queer
scandal	shrug	volunteer

UNIT 4

Unit 5

【整體記憶密碼】

1. *squad*→2. *team*→3. *roll*　　　　小隊→ 隊伍→ 滾動

4. *match*→5. *technique*→6. *detail*　　搭配→ 技術→ 細節

7. *damp*→8. *bog*→9. *eel*　　　　潮濕的→ 沼澤→ 鰻魚

1. squad

squad⁶ 〔 skwɑd 〕 *n.* 小隊

squash⁵,⁶ 〔 skwɑʃ 〕 *v.* 壓扁　　*n.* 南瓜 } 字首是 squa，唸成 /skwɑ/

squat⁵ 〔 skwɑt 〕 *v.* 蹲（下）

square² 〔 skwɛr 〕 *n.* 正方形　*adj.* 方形的

squirrel² 〔'skwɝəl 〕 *n.* 松鼠 } 字首是 squ

squeeze³ 〔 skwiz 〕 *v.* 擠壓

sneeze⁴ 〔 sniz 〕 *v.* 打噴嚏

freeze³ 〔 friz 〕 *v.* 結冰 } 字尾是 eeze

breeze³ 〔 briz 〕 *n.* 微風

UNIT 5

【說明】

　　第一組的 *squad* 是「小隊；小組；（軍隊的）班」，He is captain of the *squad*.（他是小隊長。）*squash*「壓扁

（＝*crush*）；硬塞；擠進」，當名詞時，作「南瓜」解，He *squashed* the spider with a shoe.（他用鞋子把蜘蛛踩扁。）*squat*「蹲（下）」，*Squatting* is good for your health.（蹲下來對你的健康有好處。）要常常蹲，可以拉筋，可以延年益壽。squad-squash-squat 這三個字都難，合起來就好背了。

第二組 *square* n. 正方形　adj. 方形的，The house is *square*.（房子是方形的。）*squirrel*「松鼠」，The *squirrel* is in the tree.（那隻松鼠在樹上。）*squeeze*「擠壓；擠；塞」，She *squeezed* my hand.（她緊捏著我的手。）

第三組 *sneeze*「打噴嚏」，She *sneezed* three times in a row.（她連續打了三次噴嚏。）*freeze*「結冰」，The river will *freeze* in winter.（這條河冬天會結冰。）*breeze*「微風」，I enjoy a cool *breeze*.（我喜歡涼爽的微風。）

這九個字巧妙安排，前六個字是 squ 開頭，最後三個字是 eeze 結尾，故意把 squad 和 squat 分開，讓你容易背。最後三個字：sneeze-freeze-breeze.「打噴嚏–結冰–微風」，結冰和微風都會讓你打噴嚏。

2. *team*

team [2] 〔 tim 〕 *n.* 隊伍
steam [2] 〔 stim 〕 *n.* 蒸氣
steamer [5,6] 〔 'stimɚ 〕 *n.* 汽船 } 都有 steam

cream [2] 〔 krim 〕 *n.* 奶油
scream [3] 〔 skrim 〕 *v.* 尖叫 } 都有 cream
stream [2] 〔 strim 〕 *n.* 溪流

mainstream [5] 〔 'men‚strim 〕 *n.* 主流
main [2] 〔 men 〕 *adj.* 主要的 } 字首是 main
mainland [5] 〔 'men‚lænd 〕 *n.* 大陸

【說明】

team-steam-steamer 唸一遍就可以記得。美國人常說：There is no "I" in *team*.（團隊裡沒有個人。）Boiling water creates *steam*.（沸騰的水會產生蒸氣。）The *steamer* sailed into the harbor.（那艘汽船開入港口。）

cream-scream-stream 合在一起背，就變得簡單。He ordered the pasta with *cream* sauce.（他點了有奶油醬的義大利麵。）The little girl *screamed*.（那個小女孩在尖叫。）The horses drank from the *stream*.（那些馬喝溪裡的水。）

UNIT 5

mainstream-<u>main</u>-<u>main</u>land，字首都是 main，The TV show attracts a *mainstream* audience.（這個電視節目吸引了主流的觀衆。）He waited for me at the *main* entrance.（他在大門口等我。）They took a trip to *mainland* China.（他們到中國大陸去旅行。）

3. roll

<u>roll</u>¹〔rol〕v. 滾動
en<u>roll</u>⁵〔ɪn'rol〕v. 註冊
en<u>roll</u>ment⁵〔ɪn'rolmənt〕n. 註冊 ｝詞類變化

t<u>oll</u>⁶〔tol〕n. 通行費
p<u>oll</u>³〔pol〕n. 民意調查
str<u>oll</u>⁵〔strol〕n.v. 散步 ｝字尾是 oll

<u>scr</u>oll⁵〔skrol〕n. 卷軸
<u>scr</u>ew³〔skru〕n. 螺絲
<u>scr</u>ub³〔skrʌb〕v. 刷洗 ｝字首是 scr

【説明】

<u>roll</u>-en<u>roll</u>-en<u>roll</u>ment（滾動–註冊–註冊），She *rolled* her eyes.（她的眼睛轉動了一下。）She *enrolled* in the class.（她報名參加這門課。）【*enroll in* 報名參加】*enrollment*「註冊；登記；註冊者；入學者」，*Enrollment* is down this year.（今年的註冊人數下降。）

toll-poll-stroll（通行費–民意調查–散步），We must pay a **toll** to cross this bridge.（我們必須付通行費過橋。）Results of the **poll** will be released tomorrow.（民意調查的結果明天將公布。）He took a **stroll**.（他去散步了。）

scroll-screw-scrub（卷軸–螺絲–刷洗），**scroll**「卷軸；畫卷；使（電腦螢幕）捲動」，I bought an ancient Chinese **scroll**.（我買了一幅中國古畫捲。）A **screw** came loose from my glasses.（我的眼鏡有一個螺絲鬆了。）She **scrubbed** the toilet.（她刷洗馬桶。）

4. match

match [2,1]〔mætʃ〕v. 搭配
batch [5]〔bætʃ〕n. 一批   〉字尾是 atch
hatch [3]〔hætʃ〕v. 孵化

patch [5]〔pætʃ〕n. 補丁
pat [2]〔pæt〕v. n. 輕拍   〉都有 pat
dispatch [6]〔dɪˈspætʃ〕v. 派遣

scratch [4]〔skrætʃ〕n. 抓痕   v. 抓（痕）
snap [3]〔snæp〕v. 啪的一聲折斷；彈（手指）   〉第一、三個字字尾是 atch，後兩個字字首是 sna
snatch [5]〔snætʃ〕v. 搶奪

UNIT 5

【説明】

> match-batch-hatch（搭配–一批–孵化），His socks don't *match*.（他的襪子不搭配。）【可能顏色不同】 Mom made a *batch* of cookies.（媽媽做了一批餅乾。）【通常超過一打】 You can't count the chickens before they are *hatched*.（【諺】不要打如意算盤；雞蛋沒有孵出來以前，不要算有幾隻雞。）

He stood on a *patch* of grass.（他站在一塊草地上。）I felt a *pat* on my shoulder.（我感覺到有人拍我的肩膀。）Firefighters were *dispatched* to the scene.（消防隊員被派到現場。）

I have a *scratch* on my leg.（我的腿上有個抓痕。）He *snapped* his fingers.（他彈彈手指。）The dog *snatched* a French fry.（那隻狗搶奪一根薯條。）

> 背這九個字，是以字尾 atch 為主，match-batch-hatch，只差一個字母；patch-pat-dispatch，三個字都有 pat，scratch-snap-snatch 都是 s 開頭。

背單字是一種挑戰，不是能力的挑戰，而是毅力的挑戰。

5. technique

technique [3] 〔 tɛkˈnik 〕 *n.* 技術
technician [4] 〔 tɛkˈnɪʃən 〕 *n.* 技術人員 ⟩ 詞類變化
technical [3] 〔ˈtɛknɪkḷ 〕 *adj.* 技術上的

technology [3] 〔 tɛkˈnɑlədʒɪ 〕 *n.* 科技
technological [4] 〔ˌtɛknəˈlɑdʒɪkḷ 〕 *adj.* 科技的 ⟩ 詞類變化
magical [3] 〔ˈmædʒɪkḷ 〕 *adj.* 神奇的

logical [4] 〔ˈlɑdʒɪkḷ 〕 *adj.* 合乎邏輯的
biological [6] 〔ˌbaɪəˈlɑdʒɪkḷ 〕 *adj.* 生物學的 ⟩ 都有 logical
psychological [4] 〔ˌsaɪkəˈlɑdʒɪkḷ 〕 *adj.* 心理的

【說明】

　　第一組是詞類變化，He has an unusual *technique*.（他有不尋常的技術。）The *technician* has arrived.（技術人員已經抵達了。）字尾 ian 指「人」。She is good with *technical* explanations.（她擅長技術上的說明。）

　　第二組的前兩個字是詞類變化，Modern *technology* is improving every day.（現代的科技每天都在進步。）The smartphone is the latest *technological* advancement.（智慧型手機是科技上最新的進步。）Tonight was *magical*.（今天晚上真神奇。）

UNIT 5

logical-bio<u>logical</u>-psycho<u>logical</u> 三個字都有 logical。
That's a *logical* decision. (那是合乎邏輯的決定。) She
is not the *biological* mother of the child. (她不是那個小
孩的親生母親。)【*biological mother* 親生母親】She has
psychological problems. (她有心理上的問題。)

6. *detail*

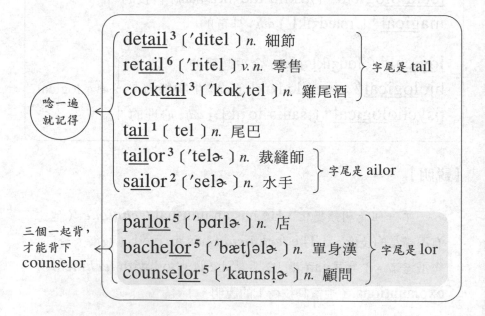

detail³ 〔'ditel 〕 *n.* 細節
retail⁶ 〔'ritel 〕 *v. n.* 零售 ⎱ 字尾是 tail
cocktail³ 〔'kɑk,tel 〕 *n.* 雞尾酒

唸一遍
就記得

tail¹ 〔 tel 〕 *n.* 尾巴
tailor³ 〔'telɚ 〕 *n.* 裁縫師 ⎱ 字尾是 ailor
sailor² 〔'selɚ 〕 *n.* 水手

三個一起背，
才能背下
counselor

parlor⁵ 〔'pɑrlɚ 〕 *n.* 店
bachelor⁵ 〔'bætʃələ 〕 *n.* 單身漢 ⎱ 字尾是 lor
counselor⁵ 〔'kɑunslɚ 〕 *n.* 顧問

Unit 5

【説明】

de<u>tail</u>-re<u>tail</u>-cock<u>tail</u> 這三個字的字尾都是 tail，He
does not pay attention to the *details*. (他不注意細節。)
I don't like to pay *retail* prices. (我不喜歡付零售價。)

He usually has a *cocktail* after work. (下班後他通常會喝一杯雞尾酒。) cock (公雞) + tail (尾巴) = cocktail (雞尾酒)。

第二組 <u>tail</u>-<u>tail</u>or-<u>sail</u>or，唸一遍就可記得。The dog wagged its *tail*. (那隻狗搖了尾巴。) The *tailor* measured the man for a suit. (裁縫師替那男人量身做西裝。) The *sailor* returned from a month at sea. (那水手在海上航行一個月後回來。)

第三組 *parlor*「店」，常用的有 a beauty *parlor* (美容院)、a hairdresser's *parlor* (美髮店)、a massage *parlor* (按摩院)。He went to a massage *parlor*. (他去按摩。) *bachelor*「單身漢」，He enjoys being a *bachelor*. (他喜歡單身。) *bachelor's* degree 是「學士學位」。*counselor*「顧問」，counsel[5] 〔ˈkaʊnsl〕 *n.* 勸告；建議，He made an appointment to see his *counselor*. (他和他的顧問約了要見面。) par<u>lor</u>-bache<u>lor</u>-counse<u>lor</u> 字尾都是 lor，counselor 難背，合在一起，三個字都變得容易。

parlor, shop, store 都作「商店」解，最常用的是 store，如 bookstore (書店)、shoe store (鞋店)、grocery store (雜貨店)、drugstore (藥房)、department store (百貨公司)、convenience store (便利商店) 等。用 shop 的有：coffee shop (咖啡廳)、gift shop (禮品店)、duty-free shop (免稅店) 等，parlor 最少用。

7. *damp*

damp⁴〔dæmp〕 *adj.* 潮濕的
lamp¹〔læmp〕 *n.* 枱燈
clamp⁶〔klæmp〕 *n.* 夾具；大鉗子　*v.* 夾住

> 字尾是 amp，
> a 讀 /æ/

ramp⁶〔ræmp〕 *n.* 坡道
cramp⁶〔kræmp〕 *n.* 抽筋
tramp⁵〔træmp〕 *n.* 流浪漢

> 字尾是 ramp，
> a 讀 /æ/

swamp⁵〔swɑmp〕 *n.* 沼澤
swan²〔swɑn〕 *n.* 天鵝
swap⁶〔swɑp〕 *v.* 交換

> 字首是 swa，
> a 讀 /ɑ/

【説明】

　　原則上，「子音＋母音＋子音」，母音讀短音，a 讀成 /æ/，在 w 後，產生音變。這一回九個字，等於練習 /æ/ 的發音，中國人發這個音較吃力，因爲中文無此音，必須稍微費力一點，嘴巴要裂開。damp-lamp-clamp（潮濕的-枱燈-夾具）。

damp 和 *wet* 的區別：

damp⁴〔dæmp〕 *adj.* 潮濕的；有點濕的（= *slightly wet*）

wet²〔wɛt〕 *adj.* 濕的（= *covered with water*）

【比較】My shirt is ***damp***.（我的襯衫有點潮濕。）

　　　　My shirt is ***wet***.（我的襯衫濕了。）

Please turn off the *lamp*.（請關掉枱燈。）The *clamp*
came loose.（這個大鉗子鬆了。）

【比較 1】　clip[3]〔klɪp〕*n.* 小夾子

　　　　　pliers〔'plaɪɚz〕*n.* 老虎鉗

　　　　　clamp〔klæmp〕*n.* 夾具；大鉗子

【比較 2】　clam[5]〔klæm〕*n.* 蛤蜊

　　　　　clamp[6]〔klæmp〕*n.* 大夾子；夾具

　　　　　calm[2]〔kɑm〕*adj.* 冷靜的

　　ramp-cramp-tramp 中文是（坡道–抽筋–乞丐」，He
rolled down the *ramp*.（他滾下坡道。）She has a
cramp in her leg.（她的腿抽筋。）*tramp*〔træmp〕*n.* 乞
丐；流浪漢　*v.* 重步行走，They say he is a *tramp*.（據說
他是乞丐。）

　　swamp-swan-swap 中文是「沼澤–天鵝–交換」，字中
的 a 都讀 /ɑ/。He fell into the *swamp*.（他掉進沼澤裡。）
There's a *swan* in the water.（水裡有隻天鵝。）Let's
swap seats.（我們交換座位吧。）(= *Let's switch seats.*)

swap 的同義字有：

　　　　　exchange[3]〔ɪks'tʃendʒ〕*v.* 交換

　　　　　trade[2]〔tred〕*v.* 交易；用…交換

　　　　　switch[3]〔swɪtʃ〕*v.* 交換

UNIT 5

8. bog

bog⁵ 〔 bag 〕 *n.* 沼澤　　*v.* 使陷入泥沼
jog² 〔 dʒag 〕 *v. n.* 慢跑
}字尾是 og

要背
You're a
jolly fellow.

jolly⁵ 〔 'dʒɑlɪ 〕 *adj.* 愉快的（ = *happy* ）

fog¹ 〔 fag , fɔg 〕 *n.* 霧
foggy² 〔 'fagɪ 〕 *adj.* 多霧的　}都有 fog
frog¹ 〔 frag 〕 *n.* 青蛙

smog⁴ 〔 smag 〕 *n.* 霧霾；煙霧
smoke¹ 〔 smok 〕 *v.* 抽煙　}字首是 sm
smuggle⁶ 〔 'smʌgḷ 〕 *v.* 走私

* smog 一般字典翻得不好，通俗稱作「霧霾」。

【說明】

　　bog 這個字當名詞是「沼澤」(= *swamp*)，少用，當動詞時，作「使陷入泥沼；使不能前進；使動彈不得」解，較常用。The car got *bogged* down in the mud. (汽車陷入泥漿中。) He was *bogged* down with work. (他有很多工作，動彈不得。) He fell into the *bog*. (他掉進沼澤裡。) He went for a *jog*. (他去慢跑。) He *jogged* to his car. (他慢慢跑向他的車。) I go *jogging* every morning. (我每天早上都去慢跑。) You're a *jolly* fellow. (你是個快樂的人。)

UNIT 5

London is known for its *fog*. (倫敦以有霧而出名。)
It's very *foggy* today. (今天霧很濃。) *Frog* tastes
somewhat like chicken. (青蛙肉嚐起來有點像雞肉。)
smog「霧霾；煙霧」(= *polluted air that is a mixture of
smoke and fog*)，這個字是由 smoke (煙) + fog (霧) 而
成。There is a lot of *smog* in the air. (空中有很多霧霾。)
I don't *smoke*. (我不抽煙。) He got caught trying to
smuggle cigarettes into the country. (他企圖走私煙進入
該國而被逮捕。)

9. *eel*

eel³ 〔 il 〕 *n.* 鰻魚
heel³ 〔 hil 〕 *n.* 腳跟　} 都有 eel，由短到長
kneel³ 〔 nil 〕 *v.* 跪下

kn 的 k 不發音

peel³ 〔 pil 〕 *v.* 剝 (皮)
reel⁵ 〔 ril 〕 *v.* 捲　} 字尾是 eel，由短到長
steel² 〔 stil 〕 *n.* 鋼

wheel² 〔 hwil 〕 *n.* 輪子
wheelchair⁵ 〔 'hwil͵tʃɛr 〕 *n.* 輪椅　} 都有 wheel
armchair⁵ 〔 'ɑrm͵tʃɛr 〕 *n.* 扶手椅

UNIT 5

【説明】

eel-heel-kneel（鰻魚–腳跟–跪下），注意，在 n 前的 k 不發音。Grilled *eel* is a popular dish.（烤鰻魚是一道受歡迎的菜。）*heel*「腳跟；鞋跟」，There is some gum on the *heel* of my shoe.（我的鞋跟黏到了一些口香糖。）He *kneeled* on the floor.（他跪在地板上。）

peel-reel-steel（剝（皮）–捲–鋼），Please *peel* a tangerine for me.（請幫我剝一顆橘子。）He struggled to *reel* in the big fish.（她努力收繞釣絲，釣起一隻大魚。）【*reel in*　（釣竿）收線；捲線】The chopsticks are made of *steel*.（這筷子是鋼製的。）

> reel「捲繞」，有「旋轉」的涵義，同義字有：
>
> spin[3]〔spɪn〕*v.* 旋轉
> revolve[5]〔rɪˈvɑlv〕*v.* 旋轉
> whirl[5]〔hwɝl〕*v.* 旋轉

wheel-wheelchair-armchair（輪子–輪椅–扶手椅），*wheel*「輪子；方向盤」，It's my turn to take the *wheel*.（輪到我開車。）He is confined to a *wheelchair*.（他只能坐輪椅。）He sat in the *armchair*.（他坐在扶手椅上。）

不斷地看中文唸英文，能夠專心，有助於做翻譯題。

1. 小隊 ＿＿＿＿＿＿
　　壓扁 ＿＿＿＿＿＿
　　蹲（下） ＿＿＿＿＿

　　正方形 ＿＿＿＿＿
　　松鼠 ＿＿＿＿＿＿
　　擠壓 ＿＿＿＿＿＿

　　打噴嚏 ＿＿＿＿＿
　　結冰 ＿＿＿＿＿＿
　　微風 ＿＿＿＿＿＿

2. 隊伍 ＿＿＿＿＿＿
　　蒸氣 ＿＿＿＿＿＿
　　汽船 ＿＿＿＿＿＿

　　奶油 ＿＿＿＿＿＿
　　尖叫 ＿＿＿＿＿＿
　　溪流 ＿＿＿＿＿＿

　　主流 ＿＿＿＿＿＿
　　主要的 ＿＿＿＿＿
　　大陸 ＿＿＿＿＿＿

3. 滾動 ＿＿＿＿＿＿
　　註冊 ＿＿＿＿＿＿
　　註冊 ＿＿＿＿＿＿

　　通行費 ＿＿＿＿＿
　　民意調查 ＿＿＿＿
　　散步 ＿＿＿＿＿＿

　　卷軸 ＿＿＿＿＿＿
　　螺絲 ＿＿＿＿＿＿
　　刷洗 ＿＿＿＿＿＿

4. 搭配 ＿＿＿＿＿＿
　　一批 ＿＿＿＿＿＿
　　孵化 ＿＿＿＿＿＿

　　補丁 ＿＿＿＿＿＿
　　輕拍 ＿＿＿＿＿＿
　　派遣 ＿＿＿＿＿＿

　　抓痕 ＿＿＿＿＿＿
　　啪的一聲折斷 ＿＿
　　搶奪 ＿＿＿＿＿＿

5. 技術 ＿＿＿＿＿＿
　　技術人員 ＿＿＿＿
　　技術上的 ＿＿＿＿

　　科技 ＿＿＿＿＿＿
　　科技的 ＿＿＿＿＿
　　神奇的 ＿＿＿＿＿

　　合乎邏輯的 ＿＿＿
　　生物學的 ＿＿＿＿
　　心理的 ＿＿＿＿＿

6. 細節 ＿＿＿＿＿＿
　　零售 ＿＿＿＿＿＿
　　雞尾酒 ＿＿＿＿＿

　　尾巴 ＿＿＿＿＿＿
　　裁縫師 ＿＿＿＿＿
　　水手 ＿＿＿＿＿＿

　　店 ＿＿＿＿＿＿
　　單身漢 ＿＿＿＿＿
　　顧問 ＿＿＿＿＿＿

7. 潮濕的 ＿＿＿＿＿
　　枱燈 ＿＿＿＿＿＿
　　夾具；大鉗子 ＿＿

　　坡道 ＿＿＿＿＿＿
　　抽筋 ＿＿＿＿＿＿
　　流浪漢 ＿＿＿＿＿

　　沼澤 ＿＿＿＿＿＿
　　天鵝 ＿＿＿＿＿＿
　　交換 ＿＿＿＿＿＿

8. 沼澤 ＿＿＿＿＿＿
　　慢跑 ＿＿＿＿＿＿
　　愉快的 ＿＿＿＿＿

　　霧 ＿＿＿＿＿＿
　　多霧的 ＿＿＿＿＿
　　青蛙 ＿＿＿＿＿＿

　　霧霾 ＿＿＿＿＿＿
　　抽煙 ＿＿＿＿＿＿
　　走私 ＿＿＿＿＿＿

9. 鰻魚 ＿＿＿＿＿＿
　　腳跟 ＿＿＿＿＿＿
　　跪下 ＿＿＿＿＿＿

　　剝（皮） ＿＿＿＿
　　捲 ＿＿＿＿＿＿
　　鋼 ＿＿＿＿＿＿

　　輪子 ＿＿＿＿＿＿
　　輪椅 ＿＿＿＿＿＿
　　扶手椅 ＿＿＿＿＿

Unit 5 總整理：下面單字背至 1 分鐘內，終生不忘記。

1. squad	*2. team*	*3. roll*
squad	team	roll
squash	steam	enroll
squat	steamer	enrollment
square	cream	toll
squirrel	scream	poll
squeeze	stream	stroll
sneeze	mainstream	scroll
freeze	main	screw
breeze	mainland	scrub

4. match	*5. technique*	*6. detail*
match	technique	detail
batch	technician	retail
hatch	technical	cocktail
patch	technology	tail
pat	technological	tailor
dispatch	magical	sailor
scratch	logical	parlor
snap	biological	bachelor
snatch	psychological	counselor

7. damp	*8. bog*	*9. eel*
damp	bog	eel
lamp	jog	heel
clamp	jolly	kneel
ramp	fog	peel
cramp	foggy	reel
tramp	frog	steel
swamp	smog	wheel
swan	smoke	wheelchair
swap	smuggle	armchair

Unit 6

【整體記憶密碼】

1. itch→2. cotton→3. solve	癢→棉花→解決
4. hall→5. arch→6. van	大廳→拱門→廂型車
7. trick→8. found→9. institute	詭計→建立→機構

1. itch

itch [4] 〔 ɪtʃ 〕 *v. n.* 癢
ditch [3] 〔 dɪtʃ 〕 *n.* 水溝　}都有 itch
pitch [2] 〔 pɪtʃ 〕 *v.* 投擲

witch [4] 〔 wɪtʃ 〕 *n.* 女巫
switch [3] 〔 swɪtʃ 〕 *n.* 開關　}字尾是 itch
stitch [3] 〔 stɪtʃ 〕 *n.* 一針

sketch [4] 〔 skɛtʃ 〕 *v.* 素描
stretch [3] 〔 strɛtʃ 〕 *v.* 伸展　}字尾是 etch
fetch [4] 〔 fɛtʃ 〕 *v.* 拿來

【説明】

itch-ditch-pitch 只差一個字母，I have an *itch* on my leg. (我腿會癢。) He drove his car into a *ditch*. (他把車子開到水溝裡。) He *pitched* the ball. (他投球。)

第二組 *witch*「女巫」，加 s 就變成 *switch*「開關」，當動詞是「轉換」，They say she is a *witch*.（據說她是女巫。）He will *switch* jobs next week.（下禮拜他會換工作。）*stitch* 是「一針」，A *stitch* in time saves nine.（【諺】及時的一針，可省日後的九針；小洞不補，大洞一尺五。）

第三組 s<u>ketch</u>-st<u>retch</u>-f<u>etch</u> 全部都是 etch 結尾。The artist's *sketch* is very valuable.（那位畫家的素描非常有價值。）I usually *stretched* for a few minutes before starting my workout.（我通常在運動前會伸展幾分鐘。）Please *fetch* some water.（請去拿些水來。）（= *Please go get some water.*）

2. *cotton*

<u>cot</u>ton [2] 〔ˈkɑtṇ〕 *n.* 棉
<u>mut</u>ton [5] 〔ˈmʌtṇ〕 *n.* 羊肉 ⎫ 字尾是 tton
<u>mut</u>ter [5] 〔ˈmʌtɚ〕 *v.* 低聲說

<u>butt</u>on [2] 〔ˈbʌtṇ〕 *n.* 按鈕
<u>butt</u>er [1] 〔ˈbʌtɚ〕 *n.* 奶油 ⎫ 字首是 butt
<u>butt</u>erfly [1] 〔ˈbʌtɚ͵flaɪ〕 *n.* 蝴蝶

<u>car</u>ton [5] 〔ˈkɑrtṇ〕 *n.* 紙盒【/ɑr/ 要捲舌】
ske<u>le</u>ton [5] 〔ˈskɛlətṇ〕 *n.* 骨骼 ⎫ 字尾是 ton
badmin<u>ton</u> [2] 〔ˈbædmɪntən〕 *n.* 羽毛球

【説明】

從簡單的字背到難的單字，The shirt is made of *cotton*. (這件襯衫是棉製的。) He enjoyed *mutton* but not beef. (他喜歡羊肉，但不喜歡牛肉。) He *muttered* to himself. (他嘀嘀自語。) *mutter* 也可當及物動詞，説成：He *muttered* the answer. (他小聲說出答案。)

第二組的 *button* 是「按鈕；鈕扣」，Please press the *button* for the seventh floor. (請按七樓。) Please pass the *butter*. (請把奶油傳過來。) What a beautiful *butterfly!* (好漂亮的蝴蝶！)

第三組的 *carton* 是「紙盒」，通常用來裝液體，可以打開來喝的，He bought a *carton* of milk. (他買了一盒牛奶。) *skeleton*「骨骼」，There are many *skeletons* in the museum. (在博物館有很多骨骼。) *badminton*「羽毛球」，I play *badminton*. (我打羽毛球。)

carton「紙盒；紙箱」的同義字有：

box[1] 〔 bɑks 〕 *n.* 盒子
case[1] 〔 kes 〕 *n.* 盒子
pack[2] 〔 pæk 〕 *n.* 小包
package[2] 〔'pækɪdʒ 〕 *n.* 包裹
container[4] 〔 kən'tenɚ 〕 *n.* 容器

3. *solve*

<u>solve</u>² 〔 salv 〕 *v.* 解決
dis<u>solve</u>⁶ 〔 dɪˈzalv 〕 *v.* 溶解 ⎱ o 都讀 /ɑ/
re<u>solve</u>⁴ 〔 rɪˈzalv 〕 *v.* 決心；解決

re<u>solution</u>⁴ 〔 ˌrɛzəˈluʃən 〕 *n.* 決心
re<u>solute</u>⁶ 〔 ˈrɛzəˌlut 〕 *adj.* 堅決的 ⎱ 詞類變化
ab<u>solute</u>⁴ 〔 ˈæbsəˌlut 〕 *adj.* 絕對的；完全的

字尾是 solute

sa<u>lute</u>⁵ 〔 səˈlut 〕 *v.* 敬禮
f<u>lute</u>² 〔 flut 〕 *n.* 笛子 ⎱ 字尾是 lute
pol<u>lute</u>³ 〔 pəˈlut 〕 *v.* 污染

【說明】

　　solve 是「解決」，He *solved* the problem.（他解決了問題。）*dissolve* 是「溶解」，Sugar doesn't easily *dissolve* in cold water.（糖在冷水中不易溶解。）*resolve*「決心；解決（ = *solve* ）；決定」，They *resolved* the dispute.（他們解決了爭論。）

　　solve 只有一個意思，就是「解決」（ = *find a resolution* ），而 *resolve* 有二個意思，從字根上分析：re（ = *again* ）+ solve（解決），一再地「解決」，就需要「決心」。

resolution 有四個意思：①決心②決心做的事③解決④解答，He made a New Year's *resolution*.（他有一個新年新希望。）They found a *resolution*.（他們找到了解決之道。）（= *They found a solution*.）*resolute*「堅決的；堅定的；果斷的」，She is a *resolute* leader.（她是個堅決的領導者。）He is an *absolute* failure.（他非常失敗。）

salute-flute-pollute 字尾都是 lute。They *saluted* the flag.（他們向國旗致敬。）She played the *flute*.（她吹奏笛子。）The river is *polluted*.（這條河受到污染。）

4. *hall*

hall⁴〔hɔl〕*n.* 大廳
call¹〔kɔl〕*v.* 打電話 ⎱ 都有 call
recall⁴〔rɪ'kɔl〕*v.* 回想 ⎰

mall³〔mɔl〕*n.* 購物中心
stall⁵〔stɔl〕*n.* 小隔間 ⎱ 都有 stall
install⁴〔ɪn'stɔl〕*v.* 安裝；設置 ⎰

fall¹〔fɔl〕*n.* 秋天（= *autumn*）
rainfall⁴〔'ren,fɔl〕*n.* 降雨（量）⎱ 都有 fall
waterfall²〔'wɔtɚ,fɔl〕*n.* 瀑布 ⎰

【説明】

hall-call-recall 字尾都是 all，可以組成三句話：

I'm waiting in the *hall*.（我在大廳等。）
I'm going to *call* her.（我要打電話給她。）
I *recall* we had a wonderful time.
（我回想起我們玩得很愉快。）

mall-stall-install（購物中心－小隔間－安裝），可聯想。
We're going to the *mall*.（我們要去購物中心。）All the
bathroom *stalls* are occupied.（每間廁所都有人。）It
takes a minute to *install* the software.（安裝軟體需要花
費一分鐘。）*install* 也可用 set up 或 put in 來代替。They
had *installed* a new phone line in the apartment.（他們
在公寓裡安裝新的電話線。）

fall-rainfall-waterfall（秋天－降雨－瀑布），*fall* 的主要
意思是「落下」，秋天時樹葉落下，所以，美國人稱「秋天」
為 *fall*（= *autumn*）。My favorite season is *fall*.（我最喜
愛的季節是秋天。）We haven't had much *rainfall* this
year.（我們今年的雨量不多。）Look at that beautiful
waterfall!（看看那個美麗的瀑布！）waterfall 的同義字是
cascade〔kæsˈked〕*n.* 瀑布，雖然超出 7000 字，但常用。

UNIT 6

5. arch

arch ⁴ 〔 artʃ 〕 *n.* 拱門
st<u>arch</u> ⁶ 〔 startʃ 〕 *n.* 澱粉　　　　　　都有 arch
mon<u>arch</u> ⁵ 〔'manɚk 〕 *n.* 君主【注意發音】

p<u>erch</u> ⁵ 〔 pɝtʃ 〕 *n.* (鳥的) 棲木
p<u>orch</u> ⁵ 〔 portʃ 〕 *n.* 門廊　　　　　字尾是 rch
t<u>orch</u> ⁵ 〔 tortʃ 〕 *n.* 火把

同義字 　<u>tor</u>ture ⁵ 〔'tortʃɚ 〕 *v. n.* 折磨
<u>tor</u>ment ⁵ 〔'tormɛnt 〕 *v. n.* 折磨　　字首是 tor
<u>tor</u>rent ⁵ 〔'torənt 〕 *n.* 急流

UNIT 6

【說明】

　　We're standing under the ***arch***. (我們正站在拱門下。) Potatoes contain a lot of ***starch***. (馬鈴薯有很多澱粉。) ***monarch***「君主」(= *a king or queen*)，The British ***monarch*** will visit next month. (英國女王下個月會來訪。)

　　The bird rests on a ***perch***. (鳥在棲木上休息。) Leave your slippers on the ***porch***. (把拖鞋留在門廊上。) She lit the ***torch***. (她點燃火把。)

> It seems to me you were *tortured*. (我覺得你好像受到折磨。) She is in *torment*. (她受到折磨。) *torture* 和 *torment* 是同義字。*torrent* 是「急流;(雨的)傾注」,The storm brought a *torrent* of rain. (暴風雨帶來傾盆大雨。)

UNIT 6

6. *van*

三個一起背,變簡單了!

van³ (væn) *n.* 廂型車
vanilla⁶ (və'nɪlə) *n.* 香草
vanity⁵ ('vænətɪ) *n.* 虛榮心;虛幻
}都有 van

vanish³ ('vænɪʃ) *v.* 消失
punish² ('pʌnɪʃ) *v.* 處罰
diminish⁶ (də'mɪnɪʃ) *v.* 減少
}字尾是 nish

astonish⁵ (ə'stɑnɪʃ) *v.* 使驚訝
furnish⁴ ('fɜnɪʃ) *v.* 裝置傢俱
furniture³ ('fɜnɪtʃə) *n.* 傢俱
}字尾是 nish

【說明】

> <u>van</u>-<u>van</u>illa-<u>van</u>ity,唸一遍就記得。He is driving a blue *van*. (他開著一輛藍色的廂型車。) I like *vanilla* ice cream. (我喜歡香草冰淇淋。) She is known for her *vanity*. (她愛慕虛榮眾人皆知。)

His money seemed to *vanish*. (他的錢似乎消失了。)
The teacher *punished* the students. (老師處罰了學生。)
diminish 「減少;減小;減輕;變少;變小」, The rain
didn't *diminish* their enjoyment of the walk. (雨並未
減少他們走路的興致。)

I was *astonished* to see her. (看到她我嚇了一跳。)
The apartment is fully *furnished*. (這間公寓傢俱配置齊
全。) I bought some *furniture*. (我買了一些傢俱。)

7. *trick*

詞類變化 {
trick ² 〔 trɪk 〕 *n.* 詭計
tricky ³ 〔ˈtrɪkɪ 〕 *adj.* 棘手的
triple ⁵ 〔ˈtrɪpl̩ 〕 *adj.* 三倍的
} 都有 trick

詞類變化 {
trivial ⁶ 〔ˈtrɪvɪəl 〕 *adj.* 瑣碎的
trifle ⁵ 〔ˈtraɪfl̩ 〕 *n.* 瑣事
trim ⁵ 〔 trɪm 〕 *v. n.* 修剪
} 字首是 tri

rim ⁵ 〔 rɪm 〕 *n.* 邊緣
grim ⁵ 〔 grɪm 〕 *adj.* 嚴厲的
pilgrim ⁴ 〔ˈpɪlgrɪm 〕 *n.* 朝聖者
} 都有 rim

【説明】

trick-tricky-triple「詭計–棘手的–三倍的」，*trick*「詭計；把戲；騙局；技巧；惡作劇」，The magician performed a *trick*.（魔術師表演了一個把戲。）*tricky*「困難的；難處理的；棘手的；詭計多端的」，Opening the lock is *tricky*.（開那道鎖很困難。）*triple*「三倍的」，可當動詞，作「成爲三倍」解，The price of bananas has *tripled*.（香蕉的價格變成三倍。）

trivial-trifle-trim「瑣碎的–瑣事–修剪」，雖然 *trivial* 和 *trifle* 是詞類變化，母音發音不同，但唸起來很順。Don't worry about *trivial* things.（不要擔心瑣碎的事。）Don't waste your time on such *trifles*.（不要浪費時間在這些瑣事上。）Your hair needs a *trim*.（你的頭髮需要修剪。）

Don't fill the water to the *rim*.（水不要裝到滿。）He has a *grim* expression.（他的表情很嚴厲。）*pilgrim*「朝聖者」，大寫的 Pilgrim 是指「清教徒移民」。The *Pilgrims* left England on the Mayflower.（清教徒移民搭乘五月花號離開英國。）

Don't fill the water to the rim.

rim-grim-pilgrim 三個字一起背，都變簡單了。背完以後，要繼續背「用會話背 7000 字」，學以致用。

UNIT 6

8. *found*

found³ 〔 faʊnd 〕 *v.* 建立　⎫
profound⁶ 〔 prəˈfaʊnd 〕 *adj.* 深奧的　⎬ 都有 found
foundation⁴ 〔 faʊnˈdeʃən 〕 *n.* 基礎　⎭

hound⁵ 〔 haʊnd 〕 *n.* 獵犬　⎫
mound⁵ 〔 maʊnd 〕 *n.* 土堆　⎬ 字尾是 ound
bound⁵ 〔 baʊnd 〕 *adj.* 被束縛的；⎬
　bind 的過去式和過去分詞　⎭

詞類變化，字長音變短 ←

abound⁶ 〔 əˈbaʊnd 〕 *v.* 充滿　⎫
abundant⁵ 〔 əˈbʌndənt 〕 *adj.* 豐富的　⎬ 字首是
abundance⁶ 〔 əˈbʌndəns 〕 *n.* 豐富　⎭ abundan

【説明】

　　found 可當 find 的過去式和過去分詞，I *found* the missing sock.（我找到不見的一隻襪子。）也可當「建立」講，The company was *founded* in 1980.（那間公司創立於 1980 年。）You have *profound* knowledge.（你有深奧的學問。）Education is the *foundation* of success.（教育是成功的基礎。）

　　hound 是「獵犬」，美國的「灰狗巴士」（*Greyhound Bus*）很有名，是商標名。I'm going to take the *Greyhound*

Bus across the U.S.（我將要搭灰狗巴士橫跨美國。）He was *bound* to the chair.（他被綁在椅子上。）He was *bound* to succeed.（他一定會成功。）【*be bound to V.* 一定…】

Butterflies *abound* in the forest.（森林裡有很多蝴蝶。）We have *abundant* resources.（我們有豐富的資源。）We have an *abundance* of confidence.（我們很有信心。）

a<u>bound</u>-a<u>bund</u>ant-a<u>bund</u>ance 這三個字是詞類變化，要注意拼字和發音，字長音變短，後兩個字是 un，不是 oun。

9. *institute*

兩組是詞類變化

<u>in</u><u>stitute</u>⁵〔ˈɪnstəˌtjut〕v. 設立；制定
<u>sub</u><u>stitute</u>⁵〔ˈsʌbstəˌtjut〕v. 用…代替　字尾是 stitute
<u>con</u><u>stitute</u>⁴〔ˈkɑnstəˌtjut〕v. 構成

詞類變化

<u>institution</u>⁶〔ˌɪnstəˈtjuʃən〕n. 機構
<u>substitution</u>⁶〔ˌsʌbstəˈtjuʃən〕n. 代替　字尾是 stitution
<u>constitution</u>⁴〔ˌkɑnstəˈtjuʃən〕n. 憲法；構成

<u>constitutional</u>⁵〔ˌkɑnstəˈtjuʃənl̩〕adj. 憲法的
<u>conventional</u>⁴〔kənˈvɛnʃənl̩〕adj. 傳統的　同義字
<u>traditional</u>²〔trəˈdɪʃənl̩〕adj. 傳統的

【説明】

> institute-substitute-constitute 三個難的單字，唸一次就可記得。*institute* 的 in (= *in*)，stitute (= *stand*)，站在裡面，即「設立；制定」。The school will *institute* a dress code. （學校將會制定一個服裝規定。）You can *substitute* water for milk in this recipe. （做這道食物可用水代替牛奶。）The immigrants *constitute* five percent of the population. （外來移民佔人口的百分之五。）

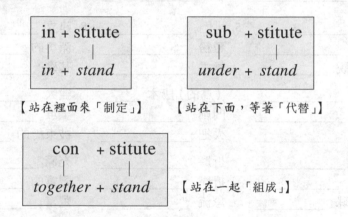

```
  in + stitute                sub  + stitute
   |      |                     |       |
  in + stand                 under + stand
```
　　【站在裡面來「制定」】　　　【站在下面，等著「代替」】

```
  con   + stitute
   |         |
together + stand
```
　　　　　　　　　　　　　【站在一起「組成」】

The *institution* was founded in 2000. （這個機構成立於西元 2000 年。）They don't allow *substitutions*. （他們不容許換人。）He did not read the *constitution*. （他沒有讀憲法。）

You have a *constitutional* right to vote. （你有憲法賦與的投票權。）He doesn't live by *conventional* rules. （他不遵守慣例。）They sang a *traditional* song. （他們唱了一首傳統的歌曲。）

UNIT 6

不斷地看中文唸英文，能夠專心，有助於做翻譯題。

1. 癢 _____
   水溝 _____
   投擲 _____

   女巫 _____
   開關 _____
   一針 _____

   素描 _____
   伸展 _____
   拿來 _____

2. 棉 _____
   羊肉 _____
   低聲說 _____

   按鈕 _____
   奶油 _____
   蝴蝶 _____

   紙盒 _____
   骨骼 _____
   羽毛球 _____

3. 解決 _____
   溶解 _____
   決心；解決 _____

   決心 _____
   堅決的 _____
   絕對的；完全的 ___

   敬禮 _____
   笛子 _____
   污染 _____

4. 大廳 _____
   打電話 _____
   回想 _____

   購物中心 _____
   小隔間 _____
   安裝；設置 _____

   秋天 _____
   降雨（量） _____
   瀑布 _____

5. 拱門 _____
   澱粉 _____
   君主 _____

   （鳥的）棲木 _____
   門廊 _____
   火把 _____

   折磨 _____
   折磨 _____
   急流 _____

6. 廂型車 _____
   香草 _____
   虛榮心；虛幻 _____

   消失 _____
   處罰 _____
   減少 _____

   使驚訝 _____
   裝置傢俱 _____
   傢俱 _____

7. 詭計 _____
   棘手的 _____
   三倍的 _____

   瑣碎的 _____
   瑣事 _____
   修剪 _____

   邊緣 _____
   嚴厲的 _____
   朝聖者 _____

8. 建立 _____
   深奧的 _____
   基礎 _____

   獵犬 _____
   土堆 _____
   被束縛的 _____

   充滿 _____
   豐富的 _____
   豐富 _____

9. 設立；制定 _____
   用…代替 _____
   構成 _____

   機構 _____
   代替 _____
   憲法 _____

   憲法的 _____
   傳統的 _____
   傳統的 _____

Unit 6　總整理：下面單字背至 1 分鐘內，終生不忘記。

1. *itch*	2. *cotton*	3. *solve*
itch	cotton	solve
ditch	mutton	dissolve
pitch	mutter	resolve
witch	button	resolution
switch	butter	resolute
stitch	butterfly	absolute
sketch	carton	salute
stretch	skeleton	flute
fetch	badminton	pollute

4. *hall*	5. *arch*	6. *van*
hall	arch	van
call	starch	vanilla
recall	monarch	vanity
mall	perch	vanish
stall	porch	punish
install	torch	diminish
fall	torture	astonish
rainfall	torment	furnish
waterfall	torrent	furniture

7. *trick*	8. *found*	9. *institute*
trick	found	institute
tricky	profound	substitute
triple	foundation	constitute
trivial	hound	institution
trifle	mound	substitution
trim	bound	constitution
rim	abound	constitutional
grim	abundant	conventional
pilgrim	abundance	traditional

Unit 7

你想受人歡迎嗎？下面九個是關鍵。背的時候想想看，你要怎樣做，才會讓別人喜歡你。這九個是每一組的開頭，一旦背熟，就很容易把整個 Unit 背下來，有助於你演講和作文。

1. sincere（真誠的）*2. humble*（謙虛的）*3. generous*（慷慨的）
4. considerate（體貼的）*5. optimistic*（樂觀的）*6. enthusiastic*
（熱心的）*7. praise*（稱讚）*8. never boast*（絕不自誇）
9. never criticize（絕不批評）

UNIT 7

How to Be Popular

Ladies and gentlemen.（各位先生，各位女士。）
Being *popular* is important.（受歡迎是很重要的。）
Here are a few simple ideas.（以下是一些簡單的想法。）

For starters, be *sincere*.（首先，要真誠。）
Be *humble*.（要謙虛。）
You must be *generous*.（你一定要慷慨。）

Second, be *considerate*.（第二，要體貼。）
Be *optimistic*.（要樂觀。）
You must always be *enthusiastic*.（你一定要很熱心。）

In addition, *never boast*.（此外，絕不要自誇。）
Never criticize.（絕不批評。）
Always *praise* others.（要總是稱讚別人。）

Thanks.（謝謝。）
Go have a great day.（去擁有美好的一天。）
Enjoy being *popular*.（享受受人歡迎的滋味。）

1. *sincere*

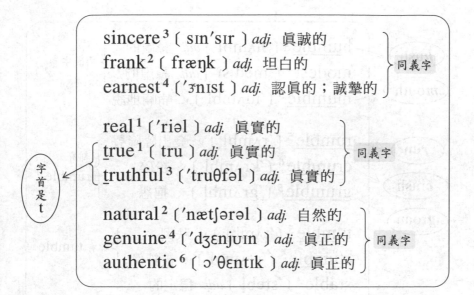

sincere³〔sɪnˈsɪr〕*adj.* 真誠的
frank²〔fræŋk〕*adj.* 坦白的　　　　　　同義字
earnest⁴〔ˈɝnɪst〕*adj.* 認真的；誠摯的

real¹〔ˈriəl〕*adj.* 真實的
true¹〔tru〕*adj.* 真實的　　　　　　同義字
truthful³〔ˈtruθfəl〕*adj.* 真實的

字首是 t

natural²〔ˈnætʃərəl〕*adj.* 自然的
genuine⁴〔ˈdʒɛnjuɪn〕*adj.* 真正的　　　同義字
authentic⁶〔ɔˈθɛntɪk〕*adj.* 真正的

UNIT 7

【説明】

It's important to be *sincere*.（真誠很重要。）Can I be *frank*?（我可以坦白地說嗎？）(= *Can I be honest with you?*) I accepted his *earnest* apology.（我接受他誠摯的道歉。）

He is a *real* friend.（他是真正的朋友。）What he said is *true*.（他所說的是真的。）I am being *truthful*.（我說的是真的。）(= *I'm telling the truth.*)

natural *adj.* 自然的；天生的，She is a *natural* leader.（她是天生的領導者。）(= *She is a born leader.*) I have a *genuine* passion for my work.（我真的熱愛我的工作。）The restaurant serves *authentic* Chinese food.（這家餐廳供應道地的中國菜。）

2. humble

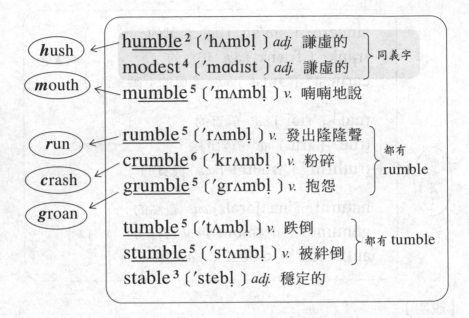

$hush$ ← humble² 〔'hʌmbl̩〕 *adj.* 謙虛的
modest⁴ 〔'mɑdɪst〕 *adj.* 謙虛的 ⎫ 同義字

$mouth$ ← mumble⁵ 〔'mʌmbl̩〕 *v.* 喃喃地說

run ← rumble⁵ 〔'rʌmbl̩〕 *v.* 發出隆隆聲 ⎫
crumble⁶ 〔'krʌmbl̩〕 *v.* 粉碎 都有 rumble
$crash$ ← grumble⁵ 〔'grʌmbl̩〕 *v.* 抱怨 ⎭

$groan$ ← tumble⁵ 〔'tʌmbl̩〕 *v.* 跌倒 ⎫
stumble⁵ 〔'stʌmbl̩〕 *v.* 被絆倒 都有 tumble
stable³ 〔'stebl̩〕 *adj.* 穩定的 ⎭

【說明】

humble，不發出聲音，即是「謙虛的」。
hush ← 聲音
n. v. 安靜

mumble，嘴巴發出聲音，不是喉嚨，即是「低聲說；
mouth ← 喃喃自語」。
n. 嘴巴

rumble，車子跑、火車跑發出聲，即是「發出隆隆聲」。
run ←
v. 跑　crumble，粉碎出聲，即是「粉碎」。

crash ←
v. 粉碎　grumble，發出呻吟聲，大多是「抱怨」。

groan ←
v. 呻吟

I was taught to be *humble*. (我被教導要謙卑。)
He is too *modest* to brag. (他太謙虛了，不會吹牛。)
I didn't mean to *mumble*. I wanted to speak clearly.
(我不是有意喃喃地說。我本來想說得清楚一點。)

I heard something *rumble* upstairs. (我聽到樓上有東西發出隆隆聲。) Their hopes *crumbled*. (他們的希望粉碎了。) He *grumbled* about having to wait. (他抱怨必須要等。) (= *He grumbled about the wait.*) 同義字是 complain[2] 〔kəm'plen〕v. 抱怨。

The baby *tumbled* to the ground. (小嬰兒跌倒在地上。) (= *The baby fell to the ground.*) The baby *stumbled* over the toy. (小嬰兒被玩具絆倒。) (= *The baby tripped over the toy.*) *stumble* 是不及物動詞，須用主動，不能用被動。She *stumbled* and fell. (她被絆了一下跌倒了。) *stumbling block* 是「絆腳石」。*tumble* 和 *stumble* 意思相近。【詳見 Collins 的 Thesaurus】He *stumbled* on the step and *tumbled* to the ground. (他被台階絆倒，跌倒在地上。) She has a *stable* job. (她有一份穩定的工作。)

這一組 9 個字是一般人和精通英語者的分界。會說這 9 個字，你的英文程度就讓人刮目相看。

3. generous

詞類變化

generous [2] 〔ˈdʒɛnərəs〕 *adj.* 慷慨的【同義字】
generosity [4] 〔ˌdʒɛnəˈrɑsətɪ〕 *n.* 慷慨
hospitable [6] 〔ˈhɑspɪtəbḷ〕 *adj.* 好客的【同義字】

字首是 i

irritable [6] 〔ˈɪrətəbḷ〕 *adj.* 易怒的
inevitable [6] 〔ɪnˈɛvətəbḷ〕 *adj.* 不可避免的
suitable [3] 〔ˈsutəbḷ〕 *adj.* 適合的

字首是 i，字尾是 itable

profitable [4] 〔ˈprɑfɪtəbḷ〕 *adj.* 有利可圖的
countable [3] 〔ˈkauntəbḷ〕 *adj.* 可數的
accountable [6] 〔əˈkauntəbḷ〕 *adj.* 應負責的

字尾是 table

【說明】

　　You're very ***generous***.（你很慷慨。）You are known for your ***generosity***.（你的慷慨是有名的。）You were very ***hospitable*** when we visited.（我們去拜訪的時候，你很好客。）

　　She was ***irritable*** this morning.（今天早上她很容易生氣。）The outcome of the election is ***inevitable***.（選舉的結果是無法避免的。）【暗示大家都預期得到】The lake is ***suitable*** for fishing.（這座湖很適合釣魚。）

The business is now *profitable*.（這個事業現在獲利。）
Dog is a *countable* noun.（dog 是可數名詞。）We must all
be *accountable* for our actions.（我們全都必須為自己的行為
負責。）【accountable = responsible】

4. considerate

considerate⁵〔kən'sɪdərɪt〕*adj.* 體貼的 ⎫
thoughtful⁴〔'θɔtfəl〕*adj.* 體貼的 ⎬ 同義字
kind¹〔kaɪnd〕*adj.* 親切的 ⎭

warm¹〔wɔrm〕*adj.* 溫暖的【同義字】

詞類變化 ⎰ sympathetic⁴〔ˌsɪmpə'θɛtɪk〕*adj.* 同情的【同義字】
⎱ sympathy⁴〔'sɪmpəθɪ〕*n.* 同情

passion³〔'pæʃən〕*n.* 熱情

詞類變化 ⎰ compassion⁵〔kəm'pæʃən〕*n.* 同情
⎱ compassionate⁵〔kəm'pæʃənɪt〕*adj.* 同情的【同義字】

UNIT 7

【說明】

告訴別人要體貼，可用下面六句話：

⎰ Be considerate.（要體貼。）
⎨ = Be thoughtful.（要體貼。）
⎱ = Be kind.（要親切。）

⎰ = Be warm.（要熱心。）
⎨ = Be sympathetic.（要有同情心。）
⎱ = Be compassionate.（要有同情心。）

Please be *considerate* of the neighbors.（請體貼鄰居。）This is a *thoughtful* gift.（這是一個體貼的禮物。）The manager was very *kind*.（這個經理很親切。）

warm *adj.* 溫暖的；熱心的；親切的；溫馨的；熱情的，He has a *warm* smile.（他的笑容很親切。）*sympathetic* *adj.* 同情的；有同情心的；贊同的；支持的，You're not being very *sympathetic*.（你實在沒有什麼同情心。）用進行式表「加強語氣」。I'm *sympathetic* to what you are doing.（我支持你做的事。）She is only looking for *sympathy*.（她只是在尋找別人的同情。）(= *She wants people to feel sorry for her.*)

No one can doubt his *passion* for sports.（沒有人可以懷疑他對運動的熱愛。）We treat the poor with *compassion*.（我們很同情窮人。）She is a *compassionate* teacher.（她是一位有同情心的老師。）(= *She cares about her students.*)

這個 Unit 除了背單字以外，還教同學做人處世的道理。讓別人喜歡你，最受益的是自己，第一是真誠，第二是謙虛，第三是慷慨，第四是體貼，第五…。單字背完了，抬頭挺胸，有信心，但是不會驕傲，人人喜歡你。

5. optimistic

optimistic³ 〔͵ɑptə'mɪstɪk 〕 *adj.* 樂觀的
cheerful³ 〔'tʃɪrfəl 〕 *adj.* 愉快的 ⎫ 同義字
carefree⁵ 〔'kɛr͵fri 〕 *adj.* 無憂無慮的 ⎭

<u>free</u>¹ 〔 fri 〕 *adj.* 自由的；免費的 ⎫
<u>freedom</u>² 〔'fridəm 〕 *n.* 自由 ⎬ 詞類變化
<u>freeway</u>⁴ 〔'fri͵we 〕 *n.* 高速公路 ⎭

high<u>way</u>² 〔'haɪ͵we 〕 *n.* 公路 ⎫
drive<u>way</u>⁵ 〔'draɪv͵we 〕 *n.* 私人車道 ⎬ 字尾是 way
sub<u>way</u>² 〔'sʌb͵we 〕 *n.* 地下鐵 ⎭

UNIT 7

【説明】

He is too *optimistic*. (他太樂觀了。) It's hard to be *cheerful* when it rains. (下雨的時候，很難高興得起來。) I had a *carefree* childhood. (我有無憂無慮的童年。)

You are *free* to stay overnight. (你可以在這裡過夜。) (= *You're welcome to stay overnight.*) Working here, you will have a lot of *freedom*. (如果你在這裡工作，你有很多自由。) I like driving on the *freeway*. (我喜歡在高速公路上開車。)

The *highway* is closed for repairs. (公路因為維修而封閉。) The car is parked in the *driveway*. (那輛車停在私人車道上。) I often take the *subway*. (我常常搭地鐵。)

6. *enthusiastic*

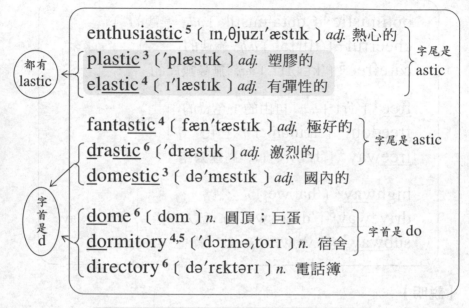

都有 lastic

字首是 d

enthusiastic [ɪnˌθjuzɪˈæstɪk] *adj.* 熱心的

plastic [ˈplæstɪk] *adj.* 塑膠的

elastic [ɪˈlæstɪk] *adj.* 有彈性的

字尾是 astic

fantastic [fænˈtæstɪk] *adj.* 極好的

drastic [ˈdræstɪk] *adj.* 激烈的

domestic [dəˈmɛstɪk] *adj.* 國內的

字尾是 astic

dome [dom] *n.* 圓頂;巨蛋

dormitory [ˈdɔrməˌtorɪ] *n.* 宿舍

directory [dəˈrɛktərɪ] *n.* 電話簿

字首是 do

＊原則上，字尾是 ic，重音在倒數第二音節上。

【説明】

　　You are very *enthusiastic* in every thing you do. (你做每件事都很有熱忱。) Boiling water will melt a *plastic* cup. (沸騰的水會使塑膠杯融化。) You can't use a *plastic* cup for boiling water. (你不能用塑膠杯裝滾燙的水。) The rubber band is not *elastic* any more. (這條橡皮筋已經不再有彈性了。)

　　You look *fantastic*! (你看起來很棒!) *drastic* *adj.* 激烈的;劇烈的;極端的;重大的，Don't make any *drastic* decisions while you're angry. (生氣時不要做

任何重大的決定。）***Drastic*** measures are needed to improve the economy.（需要有激烈的措施來改善經濟。）***Domestic*** flights depart from Terminal 2.（國內線航班從第二航站起飛。）【terminal [5]〔ˈtɝmənḷ〕*n.* 航空站】

The Taipei ***Dome*** was finally finished.（台北巨蛋終於完工了。）She lives in a ***dormitory*** on campus.（她住在校園的宿舍裡。）***dormitory*** 也可說成 dorm〔dɔrm〕。Her name is listed in the ***directory***.（她的名字被列在電話簿裡。）

7. *praise*

praise [2]〔prez〕*v. n.* 稱讚
applaud [5]〔əˈplɔd〕*v.* 鼓掌；稱讚 } 同義字
compliment [5]〔ˈkɑmpləˌmɛnt〕*v.* 稱讚

complicate [4]〔ˈkɑmpləˌket〕*v.* 使複雜
complication [6]〔ˌkɑmpləˈkeʃən〕*n.* 複雜 } 同義字
complexity [6]〔kəmˈplɛksətɪ〕*n.* 複雜

complex [3]〔kəmˈplɛks〕*adj.* 複雜的
complexion [6]〔kəmˈplɛkʃən〕*n.* 膚色 } 都有 complex
complement [5]〔ˈkɑmpləˌmɛnt〕*v.* 補充

同音字

【説明】

　　中國人看到別人在努力，會説：「辛苦了！」美國人則會説：I'd like to *praise* your efforts.（我要稱讚你的努力。）The audience *applauded*.（觀眾都在鼓掌。）*applaud* 可引申爲「稱讚」，Always *applaud* others instead of blaming them.（要常常稱讚，而不是責備他人。）compliment〔ˈkɑmpləˌmɛnt〕*v.* 稱讚，當名詞時，唸成〔ˈkɑmpləmənt〕，We should often *compliment* the people around us.（我們應該常常稱讚周圍的人。）

　　Their relationship is *complicated*.（他們的關係很複雜。）*complication* *n.* 複雜；併發症，Some people develop *complications* after surgery.（有些人手術過後會產生併發症。）I understand the *complexity* of the problem.（我了解這個問題的複雜性。）

　　He is good at explaining *complex* procedures.（他擅長解釋複雜的程序。）*complexion* *n.* 膚色；臉色，Your *complexion* is glowing.（你的臉色發亮。）（= *Your skin is glowing.*）You two *complement* each other.（你們兩個互補。）

You two complement each other.

8. *boast*

boast [4] 〔 bost 〕 *v.* 自誇
coast [1] 〔 kost 〕 *n.* 海岸   } 字尾是 oast
roast [3] 〔 rost 〕 *v.* 烤

toast [2] 〔 tost 〕 *n.* 吐司
toad [5] 〔 tod 〕 *n.* 癩蛤蟆   } 字尾是 oad
road [1] 〔 rod 〕 *n.* 道路

oa 發音的
例外字 ← { broad [2] 〔 brɔd 〕 *adj.* 寬廣的
abroad [2] 〔 əˈbrɔd 〕 *adv.* 到國外   } 都有 broad
broadcast [2] 〔 ˈbrɔd͵kæst 〕 *v.* 廣播

【説明】

oa 一律讀 /o/ 的音，但有三個例外，讀 /ɔ/：broad-abroad-broadcast。

He never *boasts* of his achievements.（他從來不自誇他的成就。）I want to drive across the U.S. from *coast* to *coast*.（我想開車橫跨美國東西岸。）I want to *roast* a chicken.（我想烤一隻雞。）roast 也可當形容詞用，roast beef 是「烤牛肉」。

Have a piece of *toast*.（吃一片吐司吧。）*toad*   *n.* 癩蛤蟆；蟾蜍，See, there is a *toad* in the pond.（你看，池塘裡有一隻癩蛤蟆。）「青蛙」是 frog [1] 〔 frɑg 〕。There is no royal *road* to learning.（【諺】學問無捷徑。）

UNIT 7

He has a *broad* range of talents. (他的才能很廣泛。)
She wants to study *abroad*. (她想到國外讀書。) broad 是
「寬廣的」，cast 是「扔；丟；播」，*broadcast* 就是「廣播；
播送」，The program is *broadcast* at 8 p.m. (這個節目晚
上八點播出。)

9. *criticize*

criticize⁴ 〔'krɪtə,saɪz 〕 *v.* 批評
condemn⁵ 〔 kən'dɛm 〕 *v.* 譴責   } 同義字
whine⁵ 〔 hwaɪn 〕 *v.* 抱怨

quarrel³ 〔'kwɔrəl 〕 *n. v.* 爭吵   } 同義字
protest⁴ 〔 prə'tɛst 〕 *v.* 抗議
contest⁴ 〔'kɑntɛst 〕 *n.* 比賽

contestant⁶ 〔 kən'tɛstənt 〕 *n.* 參賽者
assistant² 〔 ə'sɪstənt 〕 *n.* 助手   } 字尾是 tant
pollutant⁶ 〔 pə'lutənt 〕 *n.* 污染物

【說明】

She *criticized* my work. (她批評我的工作。) Her
actions needs to be *condemned*. (她的行為需要被譴責。)
You are *whining* again! (你又在抱怨了！)

Let's not *quarrel*. (我們不要吵架吧。) Some people out there are *protesting*. (那裡有一些人在抗議。)【*out there* 那裡 (= *over there*)】 I will win the *contest*. (我會贏得比賽。)

The *contestant* was eliminated. (那位參賽者被淘汰了。) My *assistant* will arrange everything for you. (我的助理會幫你安排一切。) The river is full of *pollutants*. (那條河充滿了污染物。)

UNIT 7

字尾 ant 可表「人」,如:

applic**ant** [4] *n.* 申請人	descend**ant** [6] *n.* 子孫
serge**ant** [5] *n.* 士官	inf**ant** [4] *n.* 嬰兒
merch**ant** [3] *n.* 商人	gi**ant** [2] *n.* 巨人
ten**ant** [5] *n.* 房客	lieuten**ant** [5] *n.* 少尉
particip**ant** [5] *n.* 參加者	tyr**ant** [5] *n.* 暴君
migr**ant** [5] *n.* 移居者	
emigr**ant** [6] *n.* (移出的) 移民	
immigr**ant** [4] *n.* (外國來的) 移民	
peas**ant** [5] *n.* 農夫	inhabit**ant** [6] *n.* 居民
consult**ant** [4] *n.* 顧問	account**ant** [4] *n.* 會計師
serv**ant** [2] *n.* 僕人	tru**ant** [6] *n.* 曠課者

不斷地看中文唸英文，能夠專心，有助於做翻譯題。

UNIT 7

1. 真誠的 _____
   坦白的 _____
   認真的；誠摯的 ___

   真實的 _____
   真實的 _____
   真實的 _____

   自然的 _____
   真正的 _____
   真的 _____

2. 謙虛的 _____
   謙卑的 _____
   喃喃地說 _____

   發出隆隆聲 _____
   粉碎 _____
   抱怨 _____

   跌倒 _____
   被絆倒 _____
   穩定的 _____

3. 慷慨的 _____
   慷慨 _____
   好客的 _____

   易怒的 _____
   不可避免的 _____
   適合的 _____

   有利可圖的 _____
   可數的 _____
   應負責的 _____

4. 體貼的 _____
   體貼的 _____
   親切的 _____

   溫暖的 _____
   同情的 _____
   同情 _____

   熱情 _____
   同情 _____
   同情的 _____

5. 樂觀的 _____
   愉快的 _____
   無憂無慮的 _____

   自由的；免費的 ___
   自由 _____
   高速公路 _____

   公路 _____
   私人車道 _____
   地下鐵 _____

6. 熱心的 _____
   塑膠的 _____
   有彈性的 _____

   極好的 _____
   激烈的 _____
   國內的 _____

   圓頂；巨蛋 _____
   宿舍 _____
   電話簿 _____

7. 稱讚 _____
   鼓掌；稱讚 _____
   稱讚 _____

   使複雜 _____
   複雜 _____
   複雜 _____

   複雜的 _____
   膚色 _____
   補充 _____

8. 自誇 _____
   海岸 _____
   烤 _____

   吐司 _____
   癩蛤蟆 _____
   道路 _____

   寬廣的 _____
   到國外 _____
   廣播 _____

9. 批評 _____
   譴責 _____
   抱怨 _____

   爭吵 _____
   抗議 _____
   比賽 _____

   參賽者 _____
   助手 _____
   污染物 _____

Unit 7 總整理：下面單字背至 1 分鐘內，終生不忘記。

1. sincere	*2. humble*	*3. generous*
sincere	humble	generous
frank	modest	generosity
earnest	mumble	hospitable
real	rumble	irritable
true	crumble	inevitable
truthful	grumble	suitable
natural	tumble	profitable
genuine	stumble	countable
authentic	stable	accountable

4. considerate	*5. optimistic*	*6. enthusiastic*
considerate	optimistic	enthusiastic
thoughtful	cheerful	plastic
kind	carefree	elastic
warm	free	fantastic
sympathetic	freedom	drastic
sympathy	freeway	domestic
passion	highway	dome
compassion	driveway	dormitory
compassionate	subway	directory

7. praise	*8. boast*	*9. criticize*
praise	boast	criticize
applaud	coast	condemn
compliment	roast	whine
complicate	toast	quarrel
complication	toad	protest
complexity	road	contest
complex	broad	contestant
complexion	abroad	assistant
complement	broadcast	pollutant

UNIT 7

Unit 8

【整體記憶密碼】

下面都是 "How to Be a Leader" 的演講或作文的關鍵字，先背完，
再背整個 Unit，就簡單了。背了這一回的單字，就會說和寫了。

1. **unselfish**（不自私的）2. **noble**（高尚的）3. **example**（榜樣）
4. **brave**（勇敢的）5. **willing**（願意的）6. **sacrifice**（犧牲）
7. **charitable**（慈善的）8. **keen**（渴望的）9. **inspire**（激勵）

How to Be a Leader

Ladies and gentlemen.（各位先生，各位女士。）
Do you want to be a *leader*?（你想成為領導者嗎？）
Let me tell you how.（讓我告訴你該怎麼做。）

First, be *unselfish*.（首先，不要自私。）
Be *noble*.（要人格高尚。）
Lead by *example*.（要以身作則。）

Second, be *charitable*.（第二，要慈善。）
Sacrifice first.（要先犧牲。）
Be *willing* to take care of others.（要願意照顧別人。）

Third, be *brave*.（第三，要勇敢。）
Inspire people around you.（要激勵周圍的人。）
Be *keen* to be a leader.（要渴望成為領導者。）

Thank you so much for coming.（非常謝謝大家來到這裡。）
Now it's your turn to *lead*.（現在輪到你來當領導者了。）
I hope to see you again.（希望能再次見到大家。）

---

1. unselfish

unselfish[1]〔ʌnˈsɛlfɪʃ〕 *adj.* 不自私的
unlock[6]〔ʌnˈlɑk〕 *v.* 打開…的鎖   字首是 un
unpack[6]〔ʌnˈpæk〕 *v.* 打開（包裹）

unfold[6]〔ʌnˈfold〕 *v.* 展開；攤開
undo[6]〔ʌnˈdu〕 *v.* 使恢復原狀   字首是 un
undoubtedly[5]〔ʌnˈdaʊtɪdlɪ〕 *adv.* 無疑地

字首是 undo

uncover[6]〔ʌnˈkʌvɚ〕 *v.* 揭露
discover[1]〔dɪˈskʌvɚ〕 *v.* 發現   字尾是 cover
recover[3]〔rɪˈkʌvɚ〕 *v.* 恢復

UNIT 8

【說明】

A good friend is ***unselfish***.（好朋友不自私。）
unselfish 的同義字是 selfless *adj.* 無私的。Please ***unlock***
the door.（請把門的鎖打開。）***unpack*** *v.* 打開（包裹、行
李等）；打開行李，I haven't had time to ***unpack***.（我一
直沒有時間打開行李。）Please help me ***unpack*** the box.
（請幫我把盒子打開。）

Please ***unfold*** the blanket.（請把毯子攤開。）You
cannot ***undo*** the past.（過去已經過去，無法恢復。）What's
done cannot be ***undone***.（【諺】木已成舟；已成定局。）
Undoubtedly, you are the best.（無疑地，你最棒。）

　　uncover *v.* 揭露；發現，It's hard to *uncover* evidence of her lies.（很難發現她說謊的證據。）It's almost impossible to *discover* the truth.（幾乎不可能發現真相。）*recover* *v.* 恢復；康復，I hope to *recover* from this cold soon.（我希望感冒很快就好。）

2. noble

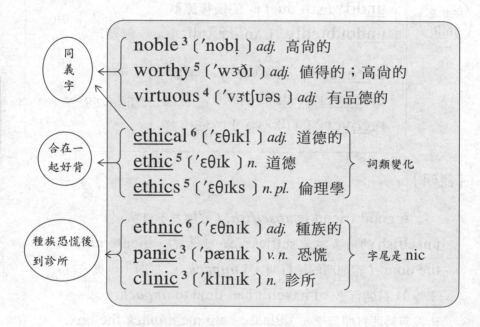

同義字
　noble³〔'nobḷ〕*adj.* 高尚的
　worthy⁵〔'wɝðɪ〕*adj.* 值得的；高尚的
　virtuous⁴〔'vɝtʃʊəs〕*adj.* 有品德的

合在一起好背
　ethical⁶〔'εθɪkḷ〕*adj.* 道德的
　ethic⁵〔'εθɪk〕*n.* 道德
　ethics⁵〔'εθɪks〕*n. pl.* 倫理學
　詞類變化

種族恐慌後到診所
　ethnic⁶〔'εθnɪk〕*adj.* 種族的
　panic³〔'pænɪk〕*v. n.* 恐慌
　clinic³〔'klɪnɪk〕*n.* 診所
　字尾是 nic

【說明】

　　noble *adj.* 高尚的；高貴的，He has a *noble* sense of responsibility.（他有高尚的責任感。）*worthy* *adj.* 值得的；可尊敬的；高尚的，He was not *worthy* of promotion.（他不值得升職。）He is *virtuous*.（他很有品德。）

ethical-ethic-ethics，這三個字合在一起就變得容易背了。*ethical* *adj.* 道德的；有道德的；合乎道德的，He is an ***ethical*** businessman.（他是有道德的生意人。）***ethic*** *n.* 道德規範；倫理，***work ethic***（職業道德），She has a strong work ***ethic***.（她有強烈的職業道德。）They are studying the ***ethics*** of politics.（他們在研究政治倫理學。）

ethnic *adj.* 種族的；民族的（= *relating to a group of people who have the same culture and traditions*），They are proud of their ***ethnic*** heritage.（他們以自己的種族遺產爲榮。）【heritage [6] 〔'hɛrətɪdʒ〕 *n.* 遺產】Don't ***panic***.（不要慌張。）It's easy to find a ***clinic*** in the city.（在城市裡很容易找到診所。）

3. example

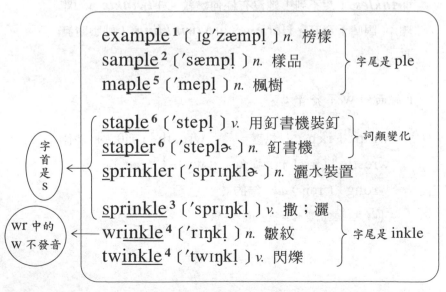

example [1] 〔ɪg'zæmpḷ〕 *n.* 榜樣
sample [2] 〔'sæmpḷ〕 *n.* 樣品　　　　字尾是 ple
maple [5] 〔'mepḷ〕 *n.* 楓樹

staple [6] 〔'stepḷ〕 *v.* 用釘書機裝釘
stapler [6] 〔'steplɚ〕 *n.* 釘書機　　　詞類變化
sprinkler 〔'sprɪŋklɚ〕 *n.* 灑水裝置

字首是 S

sprinkle [3] 〔'sprɪŋkḷ〕 *v.* 撒；灑
wrinkle [4] 〔'rɪŋkḷ〕 *n.* 皺紋　　　字尾是 inkle
twinkle [4] 〔'twɪŋkḷ〕 *v.* 閃爍

wr 中的 w 不發音

【說明】

He leads by *example*. (他以身作則。) If you are
hungry, you can get free *samples* at the supermarket.
(如果你餓了的話,可以到超市找免費的樣品吃。) I like
pancakes with *maple* syrup. (我喜歡鬆餅配上楓糖漿。)

staple 當名詞是「釘書針」,當動詞即指「用釘書機裝
釘」。Please *staple* the pages together. (請把這幾頁用釘
書機釘起來。) I'm looking for the *stapler*. (我在找釘書
機。) The lawn is watered by a *sprinkler*. (草地是用灑
水裝置來澆水。)

Sprinkle some salt on the vegetables. (在蔬菜上
灑些鹽。) Unbelievable! She doesn't have any
wrinkles. (想不到!她沒有任何皺紋。) *twinkle* *v.* 閃
爍;(眼睛) 發亮,Her eyes are *twinkling*. (她眼睛發
亮。)

r 前面的 w 不發音:

wrap[3] 〔 ræp 〕 *v.* 包裹　　 wreath[5] 〔 riθ 〕 *n.* 花園
wrestle[6] 〔 'rɛsl̩ 〕 *v.* 摔角　　 write[1] 〔 raɪt 〕 *v.* 寫
wrong[1] 〔 rɔŋ 〕 *adj.* 錯的
【詳見「文法寶典全集」附錄-34】

4. *brave*

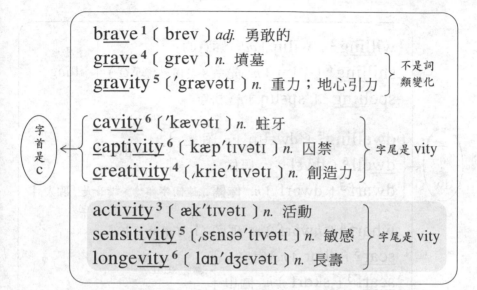

brave[1] 〔 brev 〕 *adj.* 勇敢的
grave[4] 〔 grev 〕 *n.* 墳墓
gravity[5] 〔 'grævətɪ 〕 *n.* 重力；地心引力 ⎫ 不是詞
⎭ 類變化

字首是 c →

cavity[6] 〔 'kævətɪ 〕 *n.* 蛀牙
captivity[6] 〔 kæp'tɪvətɪ 〕 *n.* 囚禁 ⎫ 字尾是 vity
creativity[4] 〔 ˌkrie'tɪvətɪ 〕 *n.* 創造力 ⎭

activity[3] 〔 æk'tɪvətɪ 〕 *n.* 活動
sensitivity[5] 〔 ˌsɛnsə'tɪvətɪ 〕 *n.* 敏感 ⎫ 字尾是 vity
longevity[6] 〔 lɑn'dʒɛvətɪ 〕 *n.* 長壽 ⎭

【說明】

　　You are very *brave*. (你很勇敢。) *grave* *n.* 墳墓 *adj.* 嚴重的，Your situation is *grave*. (你的情況很嚴重。) There is no *gravity* in space. (太空中沒有地心引力。)

　　The dentist said I had a *cavity*. (牙醫說我有蛀牙。) The panda lives in *captivity*. (熊貓過著被囚禁的生活。) Reading improves your *creativity*. (閱讀能增進你的創造力。)

　　You are welcome to join our *activity*. (歡迎你參加我們的活動。) Because of the *sensitivity* of political issues, we don't discuss them at dinner. (因為政治議題很敏感，所以我們吃晚餐時不會談論。) Exercise promotes *longevity*. (運動有助於長壽。)

UNIT 8

5. *willing*

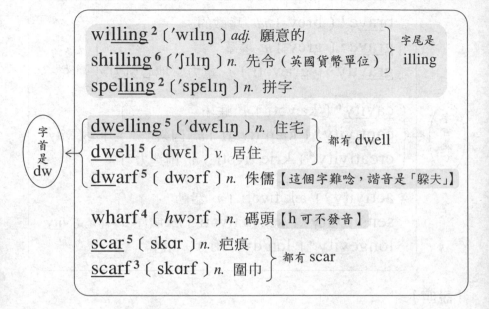

willing² 〔'wɪlɪŋ 〕 *adj.* 願意的
shilling⁶ 〔'ʃɪlɪŋ 〕 *n.* 先令 (英國貨幣單位)　字尾是 illing
spelling² 〔'spɛlɪŋ 〕 *n.* 拼字

字首是 dw

dwelling⁵ 〔'dwɛlɪŋ 〕 *n.* 住宅
dwell⁵ 〔 dwɛl 〕 *v.* 居住　都有 dwell
dwarf⁵ 〔 dwɔrf 〕 *n.* 侏儒【這個字難唸，諧音是「躲夫」】

wharf⁴ 〔 *h*wɔrf 〕 *n.* 碼頭【h 可不發音】
scar⁵ 〔 skɑr 〕 *n.* 疤痕
scarf³ 〔 skɑrf 〕 *n.* 圍巾　都有 scar

【說明】

I'm *willing* to work hard. (我願意努力工作。) He doesn't have a *shilling* to his name. (他名下沒有錢。)【shilling (先令) 可改成 penny (一分錢) 或 dime (一角)】I need to work on *spelling*. (我需要改善我的拼字。)

dwelling *n.* 住宅；住處；寓所；公寓，The *dwelling* was destroyed in the storm. (這個住宅在暴風雨中被摧毀。) *dwell* *v.* 居住 < *in* >，*dwell on* 「細思；詳論；詳述」，Don't *dwell* on your failures. (不要老是說你失敗的事情。) The *dwarf* can't find a job. (那個侏儒找不到工作。)

I'll meet you at the ***wharf***. (我會在碼頭和你見面。) He has a ***scar*** on his forehead. (他的前額上有個疤痕。) If it's cold outside, bring a ***scarf***. (如果外面天氣冷，帶一條圍巾。)

6. *sacrifice*

sacrifice [4] 〔'sækrə,faɪs 〕 *n.* 犧牲
abandon [4] 〔 ə'bændən 〕 *v.* 拋棄 } 同義字
pardon [2] 〔'pardn 〕 *v.* 原諒

part [1] 〔 part 〕 *n.* 部分
partial [4] 〔'parʃəl 〕 *adj.* 部分的 } 都有 part
participle [4] 〔'partɪsəpl̩ 〕 *n.* 分詞

注意重音 ←

participate [3] 〔 par'tɪsə,pet 〕 *v.* 參加
participation [4] 〔 par,tɪsə'peʃən 〕 *n.* 參與 } 字首是 participa
participant [5] 〔 pə'tɪsəpənt 〕 *n.* 參加者

詞類變化 ←

UNIT 8

【說明】

Parents make many ***sacrifices*** for their children. (父母為自己的小孩做了很多犧牲。) Don't worry. I won't ***abandon*** you. (放心。我不會拋棄你。) ***Pardon*** me, is this seat taken? (對不起，這個位子有人坐嗎？) ***part*** *n.* 部份 *v.* 分開，***do one's part*** 「盡本分」，We all did our ***part*** to get the job done. (我們都盡了本分把這件工作做好。)

partial *adj.* 部份的；偏袒的，*be partial to*「喜愛；偏愛」，I am *partial* to chocolate. (我喜愛巧克力。) (= *I like chocolate.*) There are two kinds of *participles*: present and past. (分詞有兩種：現在分詞和過去分詞。)

He chose not to *participate* in the activity. (他選擇不參加這項活動。) We appreciate your *participation*. (我們感激你的參與。) All *participants* must sign the form. (所有的參加者必須在這個表格上簽名。)

7. *charitable*

charitable⁶ 〔ˈtʃærətəbḷ 〕 *adj.* 慈善的 ⎫
charity⁴ 〔ˈtʃærətɪ 〕 *n.* 慈善機構 ⎬ 詞類變化
chariot⁶ 〔ˈtʃærɪət 〕 *n.* 兩輪戰車 ⎭

riot⁶ 〔ˈraɪət 〕 *n.* 暴動【注意發音】⎫
idiot⁵ 〔ˈɪdɪət 〕 *n.* 白痴 ⎬ 字尾是 iot
patriot⁵ 〔ˈpetrɪət 〕 *n.* 愛國者 ⎭

patriotic⁶ 〔ˌpetrɪˈɑtɪk 〕 *adj.* 愛國的 ⎫
antibiotic⁶ 〔ˌæntɪbaɪˈɑtɪk 〕 *n.* 抗生素 ⎬ 字尾是 otic
exotic⁶ 〔ɪgˈzɑtɪk 〕 *adj.* 有異國風味的 ⎭

【說明】

charitable *adj.* 慈善的；仁慈的；寬厚的；寬容的，Be a *charitable* person, and everyone will like you. (做一個慈

善的人，大家都會喜歡你。）You should donate your used clothing to ***charity***.（你應該把你的舊衣服捐給慈善機構。）Romans used to drive ***chariots***.（羅馬人以前駕駛兩輪戰車。）

Five people were killed during the ***riot***.（有五個人在暴動中喪生。）如果有人想騙你，你可以說：“Do I look like an ***idiot***?”（我看起來像白痴嗎？）“Do you think I'm an ***idiot***?”（你認為我是白痴嗎？）You are a true ***patriot***.（你是真正的愛國者。）

To vote in an election is our ***patriotic*** duty.（在選舉中投票是我們愛國的義務。）【duty² (′djutɪ) *n.* 責任；本分；義務】Taking too many ***antibiotics*** will do you harm.（用了太多的抗生素會對你有害。）***exotic*** *adj.* 有異國風味的；奇異的；別緻的；異乎尋常的；外國產的；外國來的，She has ***exotic*** features.（她有外國人的特色。）(= *She doesn't look like other women around here.*) I enjoy trying ***exotic*** dishes from around the world.（我喜歡嘗試來自世界各地有異國風味的菜。）The film was shot in an ***exotic*** location.（電影在一個有異國風味的地點拍攝。）【shoot² (ʃut) *v.* 拍攝】

Taking too many antibiotics will do you harm.

　　每一個例句都是日常生活中可以用到的，可以背完單字，再背例句。

8. *keen*

keen⁴〔kin〕 *adj.* 渴望的
green¹〔grin〕 *adj.* 綠色的　　　　　　　　　　字尾是 een
evergreen⁵〔'ɛvə͵grin〕 *adj.* 常綠的

greenhouse³〔'grin͵haʊs〕 *n.* 溫室
lighthouse³〔'laɪt͵haʊs〕 *n.* 燈塔　　　　都有 house
warehouse⁵〔'wɛr͵haʊs〕 *n.* 倉庫

ware⁵〔wɛr〕 *n.* 用品
software⁴〔'sɔft͵wɛr〕 *n.* 軟體　　　　都有 ware
hardware⁴〔'hard͵wɛr〕 *n.* 硬體

【說明】

He is *keen* to succeed. (他渴望成功。) The grass is always *greener* on the other side of the fence. (【諺】外國的月亮比較圓。) These trees are *evergreen*. (這些樹是常綠的。)

These vegetables are grown in a *greenhouse*. (這些蔬菜是在溫室裡種的。) The *lighthouse* was built in 1900. (這座燈塔是 1900 年建造的。) He works in a *warehouse*. (他在倉庫工作。)

ware *n.* 用品;物品;器皿;(*pl.*) 商品;貨物,The vendor displayed his *wares*. (這個小販展示他的商品。) The *software* will save us time. (這個軟體會節省我們的時間。) He is a computer *hardware* salesman. (他是電腦硬體的業務員。)

9. *inspire*

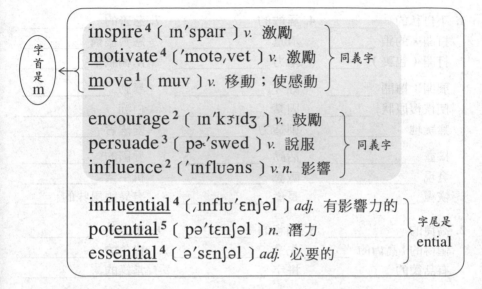

字首是 m

inspire [4] 〔 ɪn'spaɪr 〕 v. 激勵
motivate [4] 〔'motə,vet 〕 v. 激勵　　同義字
move [1] 〔 muv 〕 v. 移動；使感動

encourage [2] 〔 ɪn'kɝɪdʒ 〕 v. 鼓勵
persuade [3] 〔 pə'swed 〕 v. 說服　　同義字
influence [2] 〔'ɪnfluəns 〕 v. n. 影響

influential [4] 〔,ɪnflu'ɛnʃəl 〕 adj. 有影響力的
potential [5] 〔 pə'tɛnʃəl 〕 n. 潛力　　字尾是 ential
essential [4] 〔 ə'sɛnʃəl 〕 adj. 必要的

UNIT 8

【說明】

You *inspired* me. (你激勵了我。) You *motivated* me to learn English. (你激勵我學英文。) *move* v. 移動；搬家；使感動，I'm *moved* by your words. (你說的話讓我感動。) Let's get *moving*! (走吧！) I will *move* to a new house. (我將搬到新家。)

You *encouraged* me to work harder. (你鼓勵了我更努力工作。) I was *persuaded* to stay one more day. (我被說服再多待一天。) He has a lot of *influence*. (他很有影響力。)

This book is *influential*. (這本書有影響力。) You have *potential*. (你有潛力。) Exercise is *essential* to good health. (要有良好的健康必須要運動。)

不斷地看中文唸英文，能夠專心，有助於做翻譯題。

1. 不自私的 ＿＿＿＿＿
   打開…的鎖 ＿＿＿＿＿
   打開（包裹） ＿＿＿＿＿

   展開；攤開 ＿＿＿＿＿
   使恢復原狀 ＿＿＿＿＿
   無疑地 ＿＿＿＿＿

   揭露 ＿＿＿＿＿
   發現 ＿＿＿＿＿
   恢復 ＿＿＿＿＿

2. 高尚的 ＿＿＿＿＿
   值得的；高尚的 ＿＿＿
   有品德的 ＿＿＿＿＿

   道德的 ＿＿＿＿＿
   道德 ＿＿＿＿＿
   倫理學 ＿＿＿＿＿

   種族的 ＿＿＿＿＿
   恐慌 ＿＿＿＿＿
   診所 ＿＿＿＿＿

3. 榜樣 ＿＿＿＿＿
   樣品 ＿＿＿＿＿
   楓樹 ＿＿＿＿＿

   用釘書機裝釘 ＿＿＿
   釘書機 ＿＿＿＿＿
   灑水裝置 ＿＿＿＿＿

   撒；灑 ＿＿＿＿＿
   皺紋 ＿＿＿＿＿
   閃爍 ＿＿＿＿＿

4. 勇敢的 ＿＿＿＿＿
   墳墓 ＿＿＿＿＿
   重力 ＿＿＿＿＿

   蛀牙 ＿＿＿＿＿
   囚禁 ＿＿＿＿＿
   創造力 ＿＿＿＿＿

   活動 ＿＿＿＿＿
   敏感 ＿＿＿＿＿
   長壽 ＿＿＿＿＿

5. 願意的 ＿＿＿＿＿
   先令 ＿＿＿＿＿
   拼字 ＿＿＿＿＿

   住宅 ＿＿＿＿＿
   居住 ＿＿＿＿＿
   侏儒 ＿＿＿＿＿

   碼頭 ＿＿＿＿＿
   疤痕 ＿＿＿＿＿
   圍巾 ＿＿＿＿＿

6. 犧牲 ＿＿＿＿＿
   拋棄 ＿＿＿＿＿
   原諒 ＿＿＿＿＿

   部分 ＿＿＿＿＿
   部分的 ＿＿＿＿＿
   分詞 ＿＿＿＿＿

   參加 ＿＿＿＿＿
   參與 ＿＿＿＿＿
   參加者 ＿＿＿＿＿

7. 慈善的 ＿＿＿＿＿
   慈善機構 ＿＿＿＿＿
   兩輪戰車 ＿＿＿＿＿

   暴動 ＿＿＿＿＿
   白痴 ＿＿＿＿＿
   愛國者 ＿＿＿＿＿

   愛國的 ＿＿＿＿＿
   抗生素 ＿＿＿＿＿
   有異國風味的 ＿＿＿

8. 渴望的 ＿＿＿＿＿
   綠色的 ＿＿＿＿＿
   常綠的 ＿＿＿＿＿

   溫室 ＿＿＿＿＿
   燈塔 ＿＿＿＿＿
   倉庫 ＿＿＿＿＿

   用品 ＿＿＿＿＿
   軟體 ＿＿＿＿＿
   硬體 ＿＿＿＿＿

9. 激勵 ＿＿＿＿＿
   激勵 ＿＿＿＿＿
   移動；使感動 ＿＿＿

   鼓勵 ＿＿＿＿＿
   說服 ＿＿＿＿＿
   影響 ＿＿＿＿＿

   有影響力的 ＿＿＿
   潛力 ＿＿＿＿＿
   必要的 ＿＿＿＿＿

UNIT 8

Unit 8   總整理：下面單字背至 1 分鐘內，終生不忘記。

1. unselfish	*2. noble*	*3. example*
unselfish	noble	example
unlock	worthy	sample
unpack	virtuous	maple
unfold	ethical	staple
undo	ethic	stapler
undoubtedly	ethics	sprinkler
uncover	ethnic	sprinkle
discover	panic	wrinkle
recover	clinic	twinkle

4. brave	*5. willing*	*6. sacrifice*
brave	willing	sacrifice
grave	shilling	abandon
gravity	spelling	pardon
cavity	dwelling	part
captivity	dwell	partial
creativity	dwarf	participle
activity	wharf	participate
sensitivity	scar	participation
longevity	scarf	participant

7. charitable	*8. keen*	*9. inspire*
charitable	keen	inspire
charity	green	motivate
chariot	evergreen	move
riot	greenhouse	encourage
idiot	lighthouse	persuade
patriot	warehouse	influence
patriotic	ware	influential
antibiotic	software	potential
exotic	hardware	essential

UNIT 8

Unit 9

【整體記憶密碼】

下面九個字是好孩子必須遵守的，按照重要性排列。

> *1. safe*（安全的）*2. honest*（誠實的）*3. obedient*（服從的）
> *4. respectful*（恭敬的）*5. responsible*（應負責任的）
> *6. reliable*（可靠的）*7. happy*（快樂的）
> *8. diligent*（勤勉的）*9. prepared*（準備好的）
> *4,5,6* 都是 *r* 開頭。

My Daily Oath
（我每天都要宣誓）

I promise:（我保證：）

safe.（我會注意安全。）
honest.（我會誠實。）
obedient.（我會服從。）
　　　　　　　　　　　　　　孩子最重要的特質

I will be

respectful.（我會很恭敬。）
responsible.（我會負責任。）
reliable.（我會值得信賴。）
　　　　　　　　　　　　　　三個都是 re 開頭

happy.（我會開心。）
diligent.（我會勤奮。）
prepared.（我會做好準備。）

So help me God.（我發誓：上帝可以作證。）

1. safe

safe **1** 〔 sef 〕 *adj.* 安全的   *n.* 保險箱 ⎫
safety **2** 〔'seftɪ 〕 *n.* 安全   ⎬ 都有 safe
safeguard **6** 〔'sef͵gɑrd 〕 *v.* 保護   ⎭

guard **2** 〔 gɑrd 〕 *n.* 警衛   ⎫
bodyguard **5** 〔'bɑdɪ͵gɑrd 〕 *n.* 保鑣   ⎬ 都有 guard
lifeguard **3** 〔'laɪf͵gɑrd 〕 *n.* 救生員   ⎭

lifeboat **3** 〔'laɪf͵bot 〕 *n.* 救生艇   ⎫
lifetime **3** 〔'laɪf͵taɪm 〕 *n.* 一生   ⎬ 字首是 life
lifelong **5** 〔'laɪf'lɔŋ 〕 *adj.* 終身的   ⎭

【説明】

I'm *safe* here. (我在這裡很安全。) I'm concerned about your *safety*. (我很關心你的安全。) *safeguard* v. 保護；保衛；維護；捍衛   *n.* 保護；保衛；預防措施；安全裝置，We must *safeguard* the money. (我們必須保護這些錢。)(= We must *protect the money*.)

The *guard* is sleeping on the job. (那個警衛在上班時睡覺。) He has a *bodyguard*. (他有一個保鑣。) There is a *lifeguard* at the swimming pool. (游泳池有一個救生員。)

Get in the *lifeboat*. (坐上救生艇。) He published many books in his *lifetime*. (他一生中出版了許多本書。) We are *lifelong* friends. (我們是終身的朋友。) He is a *lifelong* traveler. (他一輩子都在旅行。)

2. honest

honest² ('ɑnɪst) *adj.* 誠實的
honesty ('ɑnɪstɪ) *n.* 誠實　　　} 詞類變化
honorable ('ɑnərəb!̩) *adj.* 值得尊敬的

} 詞類變化

honorary⁶ ('ɑnə,rɛrɪ) *adj.* 名譽的
temporary³ ('tɛmpə,rɛrɪ) *adj.* 暫時的　　} 字尾是 orary
contemporary⁵ (kən'tɛmpə,rɛrɪ) *adj.*
　當代的;同時代的

contempt⁵ (kən'tɛmpt) *n.* 輕視
contemplate⁵ ('kɑntəm,plet) *v.* 沈思
contemplation⁶ (,kɑntəm'pleʃən) *n.* 沈思　} 詞類變化

【説明】

I want you to give me an *honest* answer. (我要你誠實回答我。) *Honesty* is the best policy. (【諺】誠實為上策。) She is an *honorable* teacher. (她是值得尊敬的老師。)

He has many ***honorary*** doctor's degrees. (他有許多榮譽博士學位。) The job is only ***temporary***. (這工作只是暫時的。) I don't like ***contemporary*** art. (我不喜歡當代的藝術。)

```
  tempor + ary
    |        |
   time   + adj.
```
【有時間性的，即是「暫時的」】

```
  con   + tempor + ary
   |        |        |
the same +  time  + adj.
```
【同一時間的，即是「當代的」】

He couldn't hide his ***contempt*** of others. (他無法隱藏對別人的輕視。) (= *He obviously doesn't like other people.*) ***contemplate*** *v.* 沈思；打算，I ***contemplated*** leaving. (我曾想過要離開。) He's ***contemplating*** his future. (他正在思考他的未來。) He is lost in ***contemplation***. (他陷入沈思。) (= *He is staring into space, thinking about his own ideas.*) 【***be lost in*** 專心於】

UNIT 9

【注意】 con'tempt 和 'contemplate 的發音，字尾是 ate，重音在倒數第三個音節上。

　　碰到自己不熟悉的單字，就要把例句背下來，並運用在日常生活當中。有使用的單字，就不容易忘記。

3. obedient

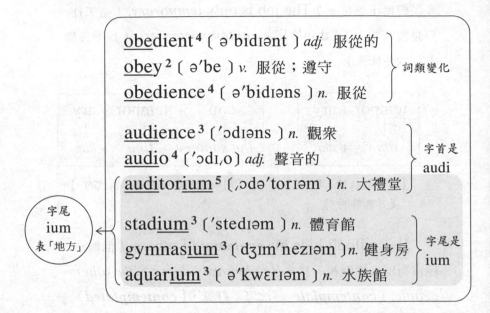

obedient[4] 〔 ə'bidɪənt 〕 *adj.* 服從的
obey[2] 〔 ə'be 〕 *v.* 服從；遵守
obedience[4] 〔 ə'bidɪəns 〕 *n.* 服從
}詞類變化

audience[3] 〔'ɔdɪəns 〕 *n.* 觀眾
audio[4] 〔'ɔdɪ,o 〕 *adj.* 聲音的
auditorium[5] 〔,ɔdə'torɪəm 〕 *n.* 大禮堂
}字首是 audi

字尾 ium 表「地方」

stadium[3] 〔'stedɪəm 〕 *n.* 體育館
gymnasium[3] 〔 dʒɪm'nezɪəm 〕*n.* 健身房
aquarium[3] 〔 ə'kwɛrɪəm 〕 *n.* 水族館
}字尾是 ium

【說明】

He is an *obedient* child.（他是個聽話的小孩。）You must *obey* the rules.（你必須遵守規定。）Teachers expect *obedience* from their students.（老師希望他們的學生服從。）

The *audience* cheered.（觀眾歡呼。）*audio adj.* 聲音的；播音的；錄音的　*n.* 音響裝置，He works in an *audio* shop.（他在音響店工作。）He entered the *auditorium*.（他進入了大禮堂。）

UNIT 9

audi + ence	audi + o	audi + tor + ium
| |	| |	| | |
hear + *n.*	*hear* + *adj.*	*hear* + 人 + *place*

【正在聽的，就
是「觀衆」】　　【聽得到的，就
是「聲音的」】　　【觀衆聚集的地方，
即是「大禮堂」】

　　stadium 和 *gymnasium* 都可作「體育館」解，但 stadium 是大型的，gymnasium 是小型的，字尾是 ium，都表「地點」。There is a baseball game in the *stadium*.（在體育場有棒球比賽。）Let's play badminton at the *gymnasium*.（我們去體育館打羽毛球。）*gymnasium* 的縮寫是 gym，多指「健身房」，Shall we go to the *gym* to work out?（我們要不要去健身房運動？）You can go to the *aquarium* to see the dolphin show.（你可以去水族館看海豚表演。）aquarium 要注意發音，西班牙語的 aqua〔ˈɑkwɑ〕指「水」，唸成英文就不一樣了。

stadium
【通常四周有看台】

gymnasium
【可大可小，小的叫「健身
房」，大的叫「體育館」】

4. respectful

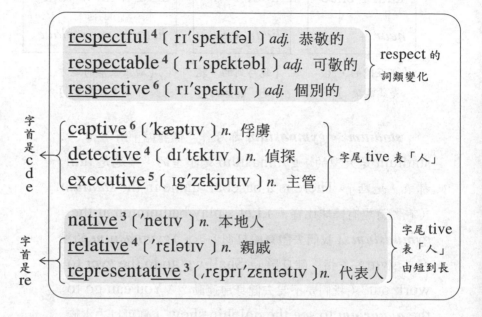

respectful [4] 〔 rɪˋspɛktfəl 〕 *adj.* 恭敬的
respectable [4] 〔 rɪˋspɛktəbl̩ 〕 *adj.* 可敬的
respective [6] 〔 rɪˋspɛktɪv 〕 *adj.* 個別的
}respect 的
詞類變化

captive [6] 〔ˋkæptɪv 〕 *n.* 俘虜
detective [4] 〔 dɪˋtɛktɪv 〕 *n.* 偵探
executive [5] 〔 ɪgˋzɛkjʊtɪv 〕 *n.* 主管
字尾 tive 表「人」
字首是 c d e

native [3] 〔ˋnetɪv 〕 *n.* 本地人
relative [4] 〔ˋrɛlətɪv 〕 *n.* 親戚
representative [3] 〔ˌrɛprɪˋzɛntətɪv 〕*n.* 代表人
字尾 tive 表「人」 由短到長
字首是 re

【説明】

　　respect 有三個形容詞，分別表示不同的意思。He is always ***respectful*** of others. (他總是對別人很尊敬。)【句中的 of 可改成 to 或 toward 】She has a ***respectable*** job. (她有個令人尊敬的工作。) We returned to our ***respective*** homes. (我們各回各的家了。)

　　The sailors were kept ***captive*** by the Somalian pirates. (那些船員被索馬利亞的海盜俘虜。) He is a famous ***detective***. (他是有名的偵探。) She was promoted and became an ***executive***. (她被升為主管。)

He is a ***native*** of California. (他是加州的當地人。)
My ***relatives*** will visit next month. (我的親戚下個月會
來訪。) (= *My relatives will come next month.*)【visit 後
可加 me 或 us】He will be there as my ***representative***.
(他將代表我去那裡。)

5. *responsible*

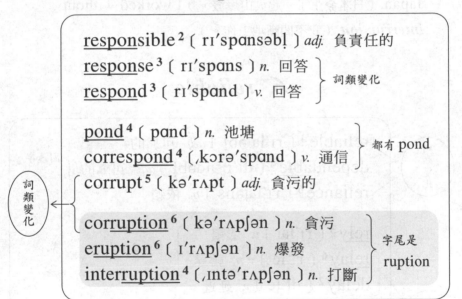

responsible [2] 〔 rɪ'spɑnsəbl̩ 〕 *adj.* 負責任的
response [3] 〔 rɪ'spɑns 〕 *n.* 回答　┐
respond [3] 〔 rɪ'spɑnd 〕 *v.* 回答　┘ 詞類變化

pond [4] 〔 pɑnd 〕 *n.* 池塘　┐
correspond [4] 〔 ˌkɔrə'spɑnd 〕 *v.* 通信　┘ 都有 pond

詞類變化

corrupt [5] 〔 kə'rʌpt 〕 *adj.* 貪污的

corruption [6] 〔 kə'rʌpʃən 〕 *n.* 貪污　┐
eruption [6] 〔 ɪ'rʌpʃən 〕 *n.* 爆發　├ 字尾是 ruption
interruption [4] 〔 ˌɪntə'rʌpʃən 〕 *n.* 打斷　┘

UNIT 9

【說明】

You are a ***responsible*** person. (你很負責任。) Her
response is positive. (她的回答是正面的。) He didn't
respond to my e-mail. (他沒有回覆我的電子郵件。)

There are no fish in the *pond*.（池塘裡沒有魚。）
They have *corresponded* for two years.（他們已經通信
兩年了。）The *corrupt* president was forced to resign.
（貪污的總統被迫辭職。）

　　The company does not tolerate *corruption*.（公司
無法容忍貪污。）There was a volcanic *eruption* in
Japan.（日本發生了一起火山爆發。）I worked without
interruption.（我不間斷地工作。）

6. reliable

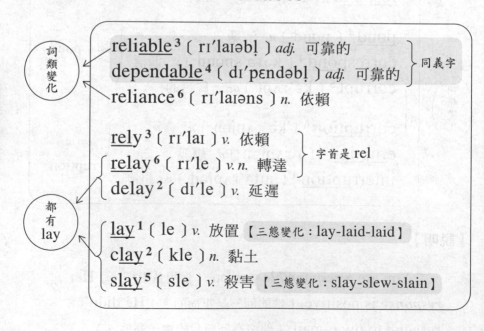

UNIT 9

詞類變化

reliable³〔rɪ'laɪəbḷ〕*adj.* 可靠的
dependable⁴〔dɪ'pɛndəbḷ〕*adj.* 可靠的　〉同義字
reliance⁶〔rɪ'laɪəns〕*n.* 依賴

rely³〔rɪ'laɪ〕*v.* 依賴
relay⁶〔rɪ'le〕*v. n.* 轉達　〉字首是 rel
delay²〔dɪ'le〕*v.* 延遲

都有 lay

lay¹〔le〕*v.* 放置【三態變化：lay-laid-laid】
clay²〔kle〕*n.* 黏土
slay⁵〔sle〕*v.* 殺害【三態變化：slay-slew-slain】

【説明】

She is a *reliable* babysitter. (她是個可靠的褓姆。) You are a *dependable* friend. (你是個可靠的朋友。) I put too much *reliance* on her promises. (我太相信她的承諾了。)

You can *rely* on me. (你可以依賴我。) I will *relay* your message. (我會轉達你的留言。) Our flight is *delayed*. (我們的飛機延誤了。)

Please *lay* the book on the table. (請把書放在桌上。) *clay* *n.* (製磚、瓦、陶瓷器等用的) 黏土，The bowl is made of *clay*. (這碗是由黏土製成的。) A crazy guy *slew* a passenger on the MRT. (有個瘋狂的人在捷運上殺了一名乘客。)

7. *happy*

happy [1] 〔ˈhæpɪ〕 *adj.* 快樂的
puppy [2] 〔ˈpʌpɪ〕 *n.* 小狗   } 字尾是 ppy
sloppy [5] 〔ˈslɑpɪ〕 *adj.* 邋遢的

slot [6] 〔slɑt〕 *n.* 投幣孔
slope [3] 〔slop〕 *n.* 斜坡   } 字首是 slo
slogan [4] 〔ˈslogən〕 *n.* 口號；標語

organ [2] 〔ˈɔrgən〕 *n.* 器官
organic [4] 〔ɔrˈgænɪk〕 *adj.* 有機的   } 都有 organ
organism [6] 〔ˈɔrgən͵ɪzəm〕 *n.* 有機體

UNIT 9

【說明】

中國人通常把 happy 唸成〔'hepɪ〕（誤），不要忘記，碰到 /æ/ 時，嘴巴要裂開來，我們沒有這個音，所以才會唸錯。I'm *happy* to help.（我很高興能幫忙。）What a cute *puppy*!（好可愛的小狗！）（= *What a cute little dog!*）*sloppy* *adj.* 邋遢的；馬虎的（= *careless*），He's a very *sloppy* person.（他是個非常邋遢的人。）I can't read his *sloppy* handwriting.（我無法閱讀他潦草的筆跡。）

Put the coin in the *slot*.（將硬幣放入投幣孔裡。）It's a slippery *slope*.（斜坡很滑。）We need a new *slogan*.（我們需要新的標語。）slot-slope-slogan 三個字放在一起，可以和句子一起背，如背 slot，再背 Put the coin in the slot. 你看多爽！

slot machine
吃角子老虎

He was to receive an *organ* transplant.（他要接受器官移植。）We had better eat *organic* vegetables.（我們最好吃有機蔬菜。）*organism* *n.* 有機體；生物；有機組織；微生物，人、動物或植物，都是「有機體」或「生物」，organism = living thing = creature。Some *organisms* have short lifespans, while others can live for thousands of years.（有些生物的壽命很短，而有些則是可以活好幾千年。）Every *organism* is composed of cells.（每個生物都是由細胞所組成。）

8. *diligent*

diligent³ 〔ˈdɪlədʒənt 〕 *adj.* 勤勉的

hard-working 〔ˈhɑrdˌwɝkɪŋ 〕 *adj.* 勤勉的 } 同義字

hard¹ 〔 hɑrd 〕 *adj.* 困難的

都有 hard ↙

hardly² 〔ˈhɑrdlɪ 〕 *adv.* 幾乎不

hardy⁵ 〔ˈhɑrdɪ 〕 *adj.* 強健的 } 字首是 hard

hardship⁴ 〔ˈhɑrdʃɪp 〕 *n.* 艱難

friendship³ 〔ˈfrɛndʃɪp 〕 *n.* 友誼

leadership² 〔ˈlidɚˌʃɪp 〕 *n.* 領導能力 } 字尾是 ship

ownership³ 〔ˈonɚˌʃɪp 〕 *n.* 所有權

【說明】

UNIT 9

diligent adj. 勤勉的；用功的，You are the most *diligent* student. (你是最用功的學生。) *hard-working adj.* 勤勉的；努力工作的，這個字很常用，不在 7000 字內，但不得不收錄。Jennifer is our most *hard-working* employee. (珍妮佛是我們最努力的員工。) It's *hard* to say when he'll arrive. (很難說他何時會到。)

She could *hardly* afford the trip. (她幾乎無法付旅費。)【afford³ 〔 əˈfɔrd 〕 *v.* 負擔得起】*hardy adj.* 強健的；耐寒的；能吃苦耐勞的；強壯的；堅強的，He is an active

and *hardy* boy.（他是個既活躍又健康的小男孩。）*hardship*
n. 艱難；艱苦；貧困，They survived many *hardships*.
（他們經過艱難困苦而存活下來。）

An argument ended their *friendship*.（一場爭吵結束了他們的友誼。）*leadership* *n.* 領導（權）；領導能力，Your
leadership is remarkable.（你有了不起的領導能力。）
He has *ownership* of the company.（他擁有這家公司的所有權。）

9. prepared

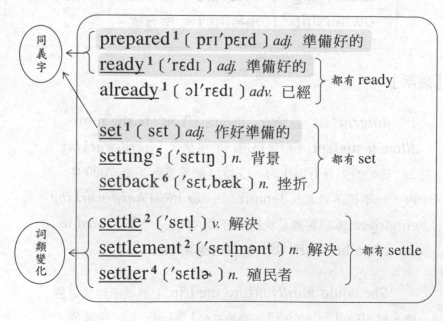

【說明】

prepare 主動、被動意義相同，被動時，可把過去分詞 prepared 當形容詞用。I am **prepared** to go. (我準備走了。) 類似的有：determine (決心)、graduate (畢業)、starve (饑餓)、marry (結婚)、rent (租) 等。【詳見「文法寶典」p.388】She is **ready** to go. (她準備走了。) I'm **already** late. (我已經遲到了。)

set 有很多意思，set 和 all set 可作「作好準備的」解，I'm **set** to start work tomorrow. (我準備好明天開始工作。) Are you **set** for the party tonight? (今天晚上的聚會你準備好了嗎？) I am all **set** to leave. (我已經準備好要離開。) **setting** *n.* 背景；環境，He is comfortable in familiar **settings**. (他在熟悉的環境中很舒適。) The **setback** won't stop us. (挫折無法阻止我們。)

settle *v.* 解決；定居，They **settled** their disagreement. (他們解決了他們的爭論。) **settlement** *n.* 解決；定居點；居住地；殖民；協議；和解，He left the **settlement** for a house in the country. (他離開居住的地方，搬到鄉下的一間房子。) **settler** *n.* 殖民者；移民；拓荒者，The **settlers** came here many years ago. (這些移民很多年前就來這裡了。)

UNIT 9

不斷地看中文唸英文，能夠專心，有助於做翻譯題。

1. 安全的 _____
   安全 _____
   保護 _____

   警衛 _____
   保鑣 _____
   救生員 _____

   救生艇 _____
   一生 _____
   終身的 _____

2. 誠實的 _____
   誠實 _____
   值得尊敬的 _____

   名譽的 _____
   暫時的 _____
   當代的 _____

   輕視 _____
   沈思 _____
   沈思 _____

3. 服從的 _____
   服從；遵守 _____
   服從 _____

   觀衆 _____
   聲音的 _____
   大禮堂 _____

   體育館 _____
   健身房 _____
   水族館 _____

4. 恭敬的 _____
   可敬的 _____
   個別的 _____

   俘虜 _____
   偵探 _____
   主管 _____

   本地人 _____
   親戚 _____
   代表人 _____

5. 負責任的 _____
   回答 _____
   回答 _____

   池塘 _____
   通信 _____
   貪污的 _____

   貪污 _____
   爆發 _____
   打斷 _____

6. 可靠的 _____
   可靠的 _____
   依賴 _____

   依賴 _____
   轉達 _____
   延遲 _____

   放置 _____
   黏土 _____
   殺害 _____

7. 快樂的 _____
   小狗 _____
   邊邊的 _____

   投幣孔 _____
   斜坡 _____
   口號；標語 _____

   器官 _____
   有機的 _____
   有機體 _____

8. 勤勉的 _____
   勤勉的 _____
   困難的 _____

   幾乎不 _____
   強健的 _____
   艱難 _____

   友誼 _____
   領導能力 _____
   所有權 _____

9. 準備好的 _____
   準備好的 _____
   已經 _____

   作好準備的 _____
   背景 _____
   挫折 _____

   解決 _____
   解決 _____
   殖民者 _____

Unit 9 總整理：下面單字背至 1 分鐘內，終生不忘記。

1. safe	2. honest	3. obedient
safe	honest	obedient
safety	honesty	obey
safeguard	honorable	obedience
guard	honorary	audience
bodyguard	temporary	audio
lifeguard	contemporary	auditorium
lifeboat	contempt	stadium
lifetime	contemplate	gymnasium
lifelong	contemplation	aquarium

4. respectful	5. responsible	6. reliable
respectful	responsible	reliable
respectable	response	dependable
respective	respond	reliance
captive	pond	rely
detective	correspond	relay
executive	corrupt	delay
native	corruption	lay
relative	eruption	clay
representative	interruption	slay

7. happy	8. diligent	9. prepared
happy	diligent	prepared
puppy	hard-working	ready
sloppy	hard	already
slot	hardly	set
slope	hardy	setting
slogan	hardship	setback
organ	friendship	settle
organic	leadership	settlement
organism	ownership	settler

UNIT 9

Unit 10

美國人寫文章，不想重複同樣的單字，會用同義字來取代，不管是閱讀測驗或作文，都用得到。

目標非常重要，有了目標，人生才有方向。下面 9 個字都表示「目標」，是每一組的第一個字，先背好之後，才容易背完整個 Unit。

1. goal (目標) *2. target* (目標) *3. purpose* (目的) *4. aim* (目標) *5. plan* (計劃) *6. objective* (客觀的) *7. intention* (企圖) *8. ambition* (抱負) *9. destination* (目的地)

英文一字多義，上面九個字都適用於同一句：

	a goal. (目標)
	a target. (目標)
	a purpose. (目標)
	an aim. (目標)
We must have	a plan. (計劃)
	an objective. (目標)
	an intention. (意圖)
	an ambition. (抱負)
	a destination. (目的)

上面每一句話的意思都是「我們必須要有一個目標。」背「同義字」有助於記憶和寫作文，可參照劉毅主編的「一口氣背同義字寫作文…①」。

1. goal

goal² 〔 gol 〕 *n.* 目標
goat² 〔 got 〕 *n.* 山羊　　　　　　　　} 字首是 go
golden² 〔'goldn 〕 *adj.* 金色的

wooden² 〔'wʊdn 〕 *adj.* 木製的
harden⁴ 〔'hardn 〕 *v.* 變硬　　　　　} 字尾是 den
burden³ 〔'bɝdn 〕 *n.* 負擔

maiden⁵ 〔'medn 〕 *adj.* 處女的
widen² 〔'waɪdn 〕 *v.* 使變寬
broaden⁵ 〔'brɔdn 〕 *v.* 加寬　　　} 是同義字

【説明】

goal-goat-golden 三個字都有 /o/ 的音，唸一遍即可記
下來。I have a clear *goal*. (我有明確的目標。) You can
see many *goats* on the farm. (你可以在農場上看到很多山
羊。) She has *golden* hair. (她有金色的頭髮。) I like
your *golden* necklace. (我喜歡你金色的項鍊。)

wooden-harden-burden 字尾都是 den，在公園裡，可
説：Let's sit on the *wooden* bench. (我們坐在木製的長椅
上吧。」The bread will *harden* if you don't cover it.

UNIT 10

（如果你不蓋起來，麵包就會變硬。）I don't want to be a ***burden***.（我不想成為負擔。）

maiden-widen-broaden 字尾都是 den。***maiden*** 的主要意思是「處女的」，如 maiden voyage（處女航），常引申為「初次的；第一次的」，This is my ***maiden*** trip abroad.（這是我第一次出國。）They will ***widen*** this road.（這條路將拓寬。）Going abroad will ***broaden*** your horizons.（出國將拓展你的視野。）【horizons[4]〔hə'raɪzn̩〕 *n. pl.* 視野；眼界】

2. target

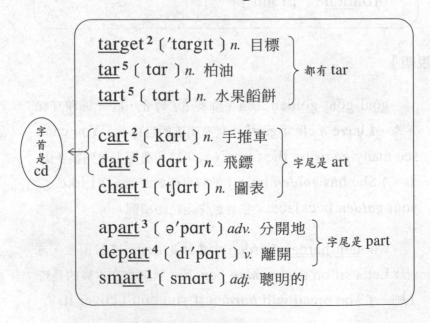

target[2]〔'targɪt〕*n.* 目標
tar[5]〔tar〕*n.* 柏油　　　都有 tar
tart[5]〔tart〕*n.* 水果餡餅

字首是 cd

cart[2]〔kart〕*n.* 手推車
dart[5]〔dart〕*n.* 飛鏢　　　字尾是 art
chart[1]〔tʃart〕*n.* 圖表

apart[3]〔ə'part〕*adv.* 分開地
depart[4]〔dɪ'part〕*v.* 離開　　　字尾是 part
smart[1]〔smart〕*adj.* 聰明的

UNIT 10

【説明】

target-tar-tart 都有 tar，唸成 /tɑr/。*target* 的主要意思是「標靶」，也當「目標」解，你可以對人説：You must have a goal. Don't miss your *target*. (你必須要有一個目標。不要錯過。) *tar* 有些字典翻成「焦油；黑油」，事實上就是「柏油；瀝青」，The road is covered with *tar*. (這條路舖了柏油。) 到了澳門，你可以跟店員説：Can I have an egg *tart*? (我要買一個蛋撻。)

egg tart

cart-dart-chart 字尾都是 art，都唸成 /ɑrt/，She loaded the *cart* with groceries. (她的手推車裝滿了雜貨。) 可以跟朋友説：Let's play *darts* at the bar. (我們去酒吧玩飛鏢。) He threw a *dart* at the board. (他朝板子上射了飛鏢。) This *chart* shows our profits. (這張圖表顯示我們的獲利情況。)

I don't like to be *apart*. (我不想分開。) The flight will *depart* at noon. (班機中午起飛。) She is a *smart* girl. (她很聰明。)

UNIT 10

3. *purpose*

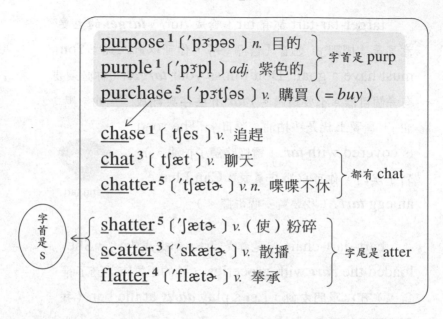

purpose[1]〔'pɝpəs〕*n.* 目的
purple[1]〔'pɝpḷ〕*adj.* 紫色的
purchase[5]〔'pɝtʃəs〕*v.* 購買（= *buy*）

字首是 purp

chase[1]〔tʃes〕*v.* 追趕
chat[3]〔tʃæt〕*v.* 聊天
chatter[5]〔'tʃætɚ〕*v. n.* 喋喋不休

都有 chat

字首是 s

shatter[5]〔'ʃætɚ〕*v.*（使）粉碎
scatter[3]〔'skætɚ〕*v.* 散播
flatter[4]〔'flætɚ〕*v.* 奉承

字尾是 atter

【説明】

He hit me on *purpose*.（他故意撞我。）*Purple* is my least favorite color.（我最不喜歡紫色。）I *purchased* a new watch.（我買了一個新錶。）

He *chased* me to the door.（他追我追到門口。）Let's have a *chat*.（我們聊一聊吧。）I can't hear you over all the *chatter*.（這麼多人喋喋不休，我沒辦法聽到你說的話。）老師在課堂上常説：No *chattering* or talking whatsoever.（無論如何不准說話。）【whatsoever〔,hwɑtso'ɛvɚ〕*adv.* 任何；絲毫（用於加強否定句的語氣）】

The rock ***shattered*** the window.（石頭把窗戶打碎了。）
The cockroaches ***scattered*** when I turned on the light.
（當我打開燈時，蟑螂到處跑。）"You're magnificent."
"I'm ***flattered***."（「你真棒。」「我受寵若驚。」）

4. aim

<u>aim</u>² 〔 em 〕 *n.* 目標
c<u>laim</u>² 〔 klem 〕 *v.* 宣稱 ⎫
ex<u>claim</u>⁵ 〔 ɪk'sklem 〕 *v.* 大叫 ⎬ 都有 claim

ex<u>clude</u>⁵ 〔 ɪk'sklud 〕 *v.* 排除 ⎫
in<u>clude</u>² 〔 ɪn'klud 〕 *v.* 包括 ⎬ 字尾是 clude
con<u>clude</u>³ 〔 kən'klud 〕 *v.* 下結論 ⎭

ex<u>clusive</u>⁶ 〔 ɪk'sklusɪv 〕 *adj.* 獨家的 ⎫
in<u>clusive</u>⁶ 〔 ɪn'klusɪv 〕 *adj.* 包括的 ⎬ 字尾是 clusive
con<u>clusion</u>³ 〔 kən'kluʒən 〕 *n.* 結論 ⎭

conclusive *adj.* 結論性的，不在 7000 字範圍內。

【説明】

　　aim 可當名詞或動詞，當動詞時，作「使瞄準」解，He
aimed a gun at me.（他把槍瞄準我。）當名詞時，作「目
標」解，Your ***aim*** is not clear.（你的目標不明確。）He
claimed he was the best.（他宣稱他是最棒的。）(= *He
claimed to be the best.*) She ***exclaimed*** her innocence.
（她大聲說自己是清白的。）

UNIT 10

The price *excludes* taxes. (這個價格不含稅。) The room rate *includes* breakfast. (房價包含早餐。) The meeting will *conclude* at five. (會議將在五點結束。)

The store has *exclusive* rights to sell these shoes. (這家店有獨家授權賣這些鞋子。) The vacation package is *inclusive* of all meals and transportation. (這個套裝假期包含三餐及交通。) In *conclusion*, the story is false. (總之，這個故事是假的。)

5. plan

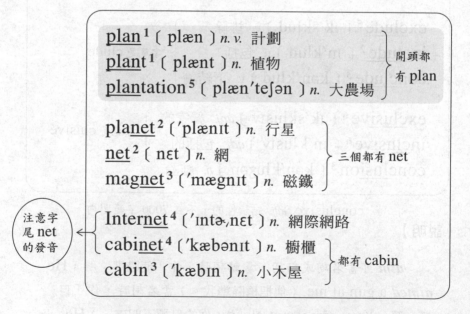

plan¹ 〔 plæn 〕 *n. v.* 計劃
plant¹ 〔 plænt 〕 *n.* 植物
plantation⁵ 〔 plæn'teʃən 〕 *n.* 大農場
　　　　　　　　　　　　　　　開頭都有 plan

planet² 〔'plænɪt 〕 *n.* 行星
net² 〔 nɛt 〕 *n.* 網
magnet³ 〔'mægnɪt 〕 *n.* 磁鐵
　　　　　　　　　　　　　　　三個都有 net

注意字尾 net 的發音

Internet⁴ 〔'ɪntɚˌnɛt 〕 *n.* 網際網路
cabinet⁴ 〔'kæbənɪt 〕 *n.* 櫥櫃
cabin³ 〔'kæbɪn 〕 *n.* 小木屋
　　　　　　　　　　　　　　　都有 cabin

【説明】

Let's make a *plan* to meet this weekend. (我們計劃一下週末見面吧。) I *planted* some vegetables. (我種

了一些蔬菜。) My friend owns a banana *plantation*. (我朋友擁有一座種香蕉的大農場。)

Mercury is the closest *planet* to the sun. (水星是離太陽最近的行星。) People still use a *net* to catch fish. (人們仍然用網來抓魚。) He attracts trouble like a *magnet*. (他像磁鐵一樣招惹麻煩。)

I spend a lot of time on the *Internet*. (我花很多時間上網。) Please put the cups in the *cabinet*. (請把杯子放在櫥櫃中。) They live in a log *cabin*. (他們住在小木屋裡。)
【 log² 〔 lɔg 〕 *n.* 圓木 】

6. objective

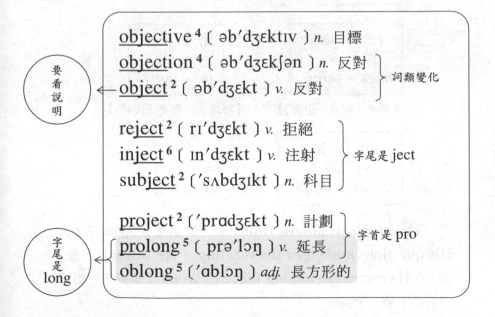

要看說明 →

objective⁴ 〔 əb'dʒɛktɪv 〕 *n.* 目標
objection⁴ 〔 əb'dʒɛkʃən 〕 *n.* 反對 ⎫
object² 〔 əb'dʒɛkt 〕 *v.* 反對 ⎭ 詞類變化

reject² 〔 rɪ'dʒɛkt 〕 *v.* 拒絕 ⎫
inject⁶ 〔 ɪn'dʒɛkt 〕 *v.* 注射 ⎬ 字尾是 ject
subject² 〔 'sʌbdʒɪkt 〕 *n.* 科目 ⎭

project² 〔 'prɑdʒɛkt 〕 *n.* 計劃 ⎫
字尾是 long → prolong⁵ 〔 prə'lɔŋ 〕 *v.* 延長 ⎬ 字首是 pro
oblong⁵ 〔 'ɑblɔŋ 〕 *adj.* 長方形的 ⎭

UNIT 10

【說明】

My *objective* is to master English.（我的目標是把英文學好。）I had no *objection* to her request.（我不反對她的要求。）I *objected* to the proposal.（我反對這個提議。）*object* 也可當名詞，唸成〔ˈɑbdʒɪkt〕，作「物體；目標」解，但不能說：*You must have an object.*（誤）會誤會成「你必須有一個東西。」

She *rejected* me.（她拒絕了我。）The nurse *injected* me with a painkiller.（護士給我打了止痛針。）History is my favorite *subject*.（歷史是我最喜愛的科目。）

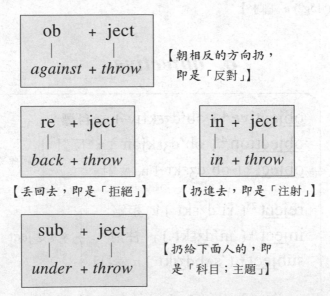

ob　+　ject
│　　　│
against　+　*throw*

【朝相反的方向扔，即是「反對」】

re　+　ject
│　　│
back　+　*throw*

【丟回去，即是「拒絕」】

in　+　ject
│　　│
in　+　*throw*

【扔進去，即是「注射」】

sub　+　ject
│　　　│
under　+　*throw*

【扔給下面人的，即是「科目；主題」】

The *project* is almost finished.（計劃幾乎要完成了。）His questions *prolonged* the meeting.（他的問題延長了會議。）He carried an *oblong* piece of wood.（他搬了一根長方形的木頭。）

7. *intention*

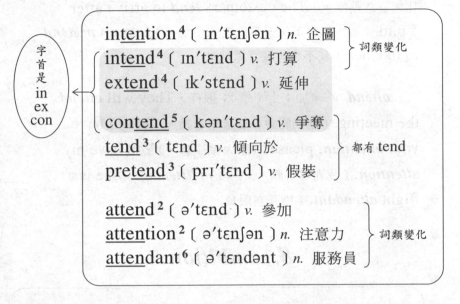

字首是
in
ex
con

intention⁴〔ɪnˈtɛnʃən〕*n.* 企圖
intend⁴〔ɪnˈtɛnd〕*v.* 打算
extend⁴〔ɪkˈstɛnd〕*v.* 延伸
〉詞類變化

contend⁵〔kənˈtɛnd〕*v.* 爭奪
tend³〔tɛnd〕*v.* 傾向於
pretend³〔prɪˈtɛnd〕*v.* 假裝
〉都有 tend

attend²〔əˈtɛnd〕*v.* 參加
attention²〔əˈtɛnʃən〕*n.* 注意力
attendant⁶〔əˈtɛndənt〕*n.* 服務員
〉詞類變化

【説明】

　　intention *n.* 企圖；意圖；目的；打算，He has good
intentions. (他是好意。) (= *He means well.*) His *intention*
is to learn English. (他想要學英文。) He didn't *intend* to
stay so long. (他不打算待這麼久。) Can I *extend* the
deadline to tomorrow? (我可以把截止日期延長到明天嗎？)

　　contend *v.* 爭奪；聲稱；主張；認爲，He *contends*
that it won't rain today. (他認爲今天不會下雨。) The two
students *contended* for the championship of the speech
contest. (這兩個學生爭奪演講比賽的冠軍。) championship⁴
〔ˈtʃæmpɪənˌʃɪp〕*n.* 冠軍【非人】，而 champion³〔ˈtʃæmpɪən〕*n.*
冠軍，是指「人」。He is the champion of the speech contest.

UNIT 10

（他是演講比賽的冠軍。）I *tend* to like hot drinks. （我比較喜歡熱飲。）The customers *tend* to arrive after 5 p.m. （客人通常下午五點以後才會到。）I won't *pretend* to like her. （我不會假裝喜歡她。）

　　attend v. 參加；上（學）；服侍，They will *attend* the meeting. （他們將會參加這場會議。）May I have your *attention*, please? （請大家注意。）You have my *attention*. （我在專心聽。）（= *I'm listening.*）She is a flight *attendant*. （她是空服員。）

8. ambition

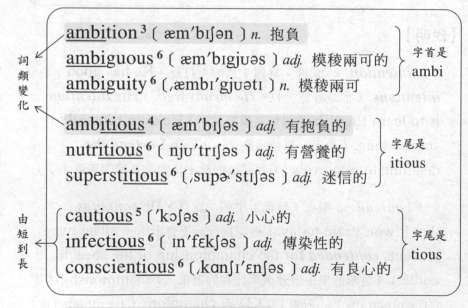

詞類變化

ambition³〔æmˈbɪʃən〕*n.* 抱負
ambiguous⁶〔æmˈbɪgjʊəs〕*adj.* 模稜兩可的
ambiguity⁶〔ˌæmbɪˈgjuətɪ〕*n.* 模稜兩可
　　　　　　　　　　　　　　　　　　　字首是 ambi

ambitious⁴〔æmˈbɪʃəs〕*adj.* 有抱負的
nutritious⁶〔njuˈtrɪʃəs〕*adj.* 有營養的
superstitious⁶〔ˌsupɚˈstɪʃəs〕*adj.* 迷信的
　　　　　　　　　　　　　　　　　　　字尾是 itious

由短到長

cautious⁵〔ˈkɔʃəs〕*adj.* 小心的
infectious⁶〔ɪnˈfɛkʃəs〕*adj.* 傳染性的
conscientious⁶〔ˌkɑnʃɪˈɛnʃəs〕*adj.* 有良心的
　　　　　　　　　　　　　　　　　　　字尾是 tious

*字尾是 ious，重音在前一音節上。

UNIT 10

【說明】

　　ambition「抱負；野心；志願；志向」，My *ambition* is to be a good English teacher. (我的志願是當一個好的英文老師。) Her reply was *ambiguous*. (她的回答模稜兩可。) The directions are full of *ambiguity*. (這些說明很含糊。)

　　She is an *ambitious* student. (她是個有抱負的學生。) You need something *nutritious* to eat. (你需要吃些有營養的東西。) I'm not *superstitious*. (我不迷信。)

　　Be *cautious* when crossing the street. (過街時要小心。) Her laughter is *infectious*. (她的笑有感染性。) He is a *conscientious* citizen. (他是個有良心的市民。)

　　con + scien + tious
　　｜　　｜　　｜
　　all + science + adj.

【大家都認為「科學」的，即是「有良心的」】

conscientious 的名詞是 conscience [4] (ˈkɑnʃəns) n. 良心。字尾是 ion, ity, ious，重音都在前一音節上。

　　con + science
　　｜　　｜
　　all + 科學

【大家都認為是「科學」，即是對的，就是「良心」】

9. destination

詞類變化

destination [5] 〔ˌdɛstə'neʃən 〕 *n.* 目的地
destined [6] 〔'dɛstɪnd 〕 *adj.* 注定的
destiny [5] 〔'dɛstənɪ 〕 *n.* 命運

字首是 destin

詞類變化

nation [1] 〔'neʃən 〕 *n.* 國家
national [2] 〔'næʃənḷ 〕 *adj.* 全國的
nationality [4] 〔ˌnæʃən'ælətɪ 〕 *n.* 國籍

都有 nation

詞類變化

person [1] 〔'pɝsṇ 〕 *n.* 人
personal [2] 〔'pɝsṇḷ 〕 *adj.* 個人的
personality [3] 〔ˌpɝsṇ'ælətɪ 〕 *n.* 個性

都有 person

【說明】

Our *destination* is near. (我們的目的地快到了。) He was *destined* to succeed. (他注定會成功。) He didn't believe in *destiny*. (他不相信命運。)

The *nation* will elect a new leader next year. (這個國家明年將選出新的領導者。) He is a *national* hero. (他是全國的英雄。) What's your *nationality*? (你是哪一國人？)

She is the last *person* I want to see. (她是我最不想看到的人。) He rarely talks about his *personal* life. (他很少談到他的個人生活。) She has a pleasant *personality*. (她的個性很討人喜歡。)

UNIT 10

不斷地看中文唸英文，能夠專心，有助於做翻譯題。

1. 目標 ＿＿＿＿＿＿
山羊 ＿＿＿＿＿＿
金色的 ＿＿＿＿＿＿

木製的 ＿＿＿＿＿＿
變硬 ＿＿＿＿＿＿
負擔 ＿＿＿＿＿＿

處女的 ＿＿＿＿＿＿
使變寬 ＿＿＿＿＿＿
加寬 ＿＿＿＿＿＿

2. 目標 ＿＿＿＿＿＿
柏油 ＿＿＿＿＿＿
水果餡餅 ＿＿＿＿＿＿

手推車 ＿＿＿＿＿＿
飛鏢 ＿＿＿＿＿＿
圖表 ＿＿＿＿＿＿

分開地 ＿＿＿＿＿＿
離開 ＿＿＿＿＿＿
聰明的 ＿＿＿＿＿＿

3. 目的 ＿＿＿＿＿＿
紫色的 ＿＿＿＿＿＿
購買 ＿＿＿＿＿＿

追趕 ＿＿＿＿＿＿
聊天 ＿＿＿＿＿＿
喋喋不休 ＿＿＿＿＿＿

（使）粉碎 ＿＿＿＿＿＿
散播 ＿＿＿＿＿＿
奉承 ＿＿＿＿＿＿

4. 目標 ＿＿＿＿＿＿
宣稱 ＿＿＿＿＿＿
大叫 ＿＿＿＿＿＿

排除 ＿＿＿＿＿＿
包括 ＿＿＿＿＿＿
下結論 ＿＿＿＿＿＿

獨家的 ＿＿＿＿＿＿
包括的 ＿＿＿＿＿＿
結論 ＿＿＿＿＿＿

5. 計劃 ＿＿＿＿＿＿
植物 ＿＿＿＿＿＿
大農場 ＿＿＿＿＿＿

行星 ＿＿＿＿＿＿
網 ＿＿＿＿＿＿
磁鐵 ＿＿＿＿＿＿

網際網路 ＿＿＿＿＿＿
櫥櫃 ＿＿＿＿＿＿
小木屋 ＿＿＿＿＿＿

6. 目標 ＿＿＿＿＿＿
反對 ＿＿＿＿＿＿
反對 ＿＿＿＿＿＿

拒絕 ＿＿＿＿＿＿
注射 ＿＿＿＿＿＿
科目 ＿＿＿＿＿＿

計劃 ＿＿＿＿＿＿
延長 ＿＿＿＿＿＿
長方形的 ＿＿＿＿＿＿

7. 企圖 ＿＿＿＿＿＿
打算 ＿＿＿＿＿＿
延伸 ＿＿＿＿＿＿

爭奪 ＿＿＿＿＿＿
傾向於 ＿＿＿＿＿＿
假裝 ＿＿＿＿＿＿

參加 ＿＿＿＿＿＿
注意力 ＿＿＿＿＿＿
服務員 ＿＿＿＿＿＿

8. 抱負 ＿＿＿＿＿＿
模擬兩可的 ＿＿＿＿＿＿
模稜兩可 ＿＿＿＿＿＿

有抱負的 ＿＿＿＿＿＿
有營養的 ＿＿＿＿＿＿
迷信的 ＿＿＿＿＿＿

小心的 ＿＿＿＿＿＿
傳染性的 ＿＿＿＿＿＿
有良心的 ＿＿＿＿＿＿

9. 目的地 ＿＿＿＿＿＿
注定的 ＿＿＿＿＿＿
命運 ＿＿＿＿＿＿

國家 ＿＿＿＿＿＿
全國的 ＿＿＿＿＿＿
國籍 ＿＿＿＿＿＿

人 ＿＿＿＿＿＿
個人的 ＿＿＿＿＿＿
個性 ＿＿＿＿＿＿

UNIT 10

Unit 10　總整理：下面單字背至 1 分鐘內，終生不忘記。

1. goal	*2. target*	*3. purpose*
goal	target	purpose
goat	tar	purple
golden	tart	purchase
wooden	cart	chase
harden	dart	chat
burden	chart	chatter
maiden	apart	shatter
widen	depart	scatter
broaden	smart	flatter

4. aim	*5. plan*	*6. objective*
aim	plan	objective
claim	plant	objection
exclaim	plantation	object
exclude	planet	reject
include	net	inject
conclude	magnet	subject
exclusive	Internet	project
inclusive	cabinet	prolong
conclusion	cabin	oblong

7. intention	*8. ambition*	*9. destination*
intention	ambition	destination
intend	ambiguous	destined
extend	ambiguity	destiny
contend	ambitious	nation
tend	nutritious	national
pretend	superstitious	nationality
attend	cautious	person
attention	infectious	personal
attendant	conscientious	personality

Unit 11

【整體記憶密碼】

　　每一組的第一個字都是同義字，都有「清楚的」的意思。先把這九個同義字背下來，整回就可快速背好。

1. clear（清楚的）*2. definite*（明確的）*3. distinct*（明確的）

4. explicit（明確的）*5. precise*（精確的）*6. plain*（清楚的）

7. simple（簡單的）*8. specific*（特定的）

9. straightforward（直率的）

2,3 字首為 *d*，*5,6* 字首為 *p*，*7,8,9* 字首為 *s*。

	goal（目標）		clear.（清楚的）
	target（目標）		definite.（明確的）
	purpose（目標）		distinct.（明確的）
	aim（目標）		explicit.（清楚的）
Our	plan（計劃）	must be	precise.（明確的）
	objective（目標）		plain.（清楚的）
	intention（意圖）		simple.（簡單的）
	ambition（抱負）		specific.（明確的）
	destination（目的）		straightforward.（清楚的）

背兩組 9 個字，可以排列組合成 81 個句子。背熟了之後，可以隨口說出或寫出精彩的句子，比美國人還多。

1. clear

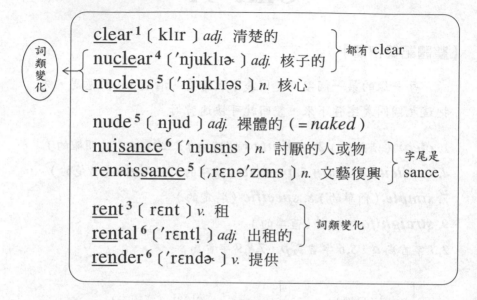

詞類變化 →

都有 clear
{
<u>clear</u>[1] 〔 klɪr 〕 *adj.* 清楚的
nu<u>clear</u>[4] 〔'njuklɪə 〕 *adj.* 核子的
nu<u>cleus</u>[5] 〔'njuklɪəs 〕 *n.* 核心
}

字尾是 sance
{
nude[5] 〔 njud 〕 *adj.* 裸體的（= *naked* ）
<u>nuisance</u>[6] 〔'njusn̩s 〕 *n.* 討厭的人或物
renais<u>sance</u>[5] 〔,rɛnə'zɑns 〕 *n.* 文藝復興
}

詞類變化
{
<u>rent</u>[3] 〔 rɛnt 〕 *v.* 租
<u>rent</u>al[6] 〔'rɛntl̩ 〕 *adj.* 出租的
<u>ren</u>der[6] 〔'rɛndə 〕 *v.* 提供
}

【説明】

　　clear「清楚的；晴朗的」，Our goal must be *clear*.（我們的目標必須清楚。）It's a *clear* day.（天氣很晴朗。）We toured a *nuclear* power plant.（我們參觀了一座核能發電廠。）Mother is the *nucleus* of our family.（母親是我們家庭的核心。）DNA is found in the *nucleus* of the cell.（在細胞核中可以找到 DNA。）

　　He likes to be *nude* at home.（他在家喜歡不穿衣服。）Those birds are a *nuisance*.（那些鳥很討厭。）The painting is from the *Renaissance*.（這幅畫是文藝復興時期的。）a renaissance man 是「多才多藝的人」，He is a *renaissance* man.（他多才多藝。）（= *He is good at many things.* ）

He *rented* a bicycle. （他租了一台腳踏車。） My *rent* is going up next month. （我的租金下個月會調漲。） We need a *rental* car. （我們需要租一部汽車。） Any assistance you can *render* will be helpful. （你能提供的任何幫助都是有用的。）

UNIT 11

2. *definite*

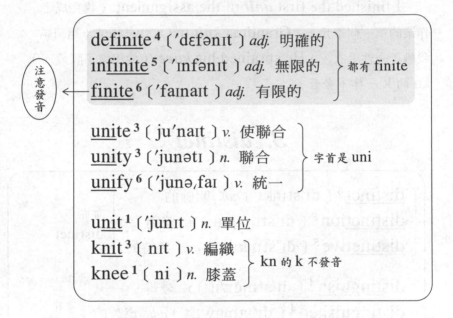

注意發音

definite⁴〔ˈdɛfənɪt〕*adj.* 明確的
infinite⁵〔ˈɪnfənɪt〕*adj.* 無限的
finite⁶〔ˈfaɪnaɪt〕*adj.* 有限的
　　都有 finite

unite³〔juˈnaɪt〕*v.* 使聯合
unity³〔ˈjunətɪ〕*n.* 聯合
unify⁶〔ˈjunəˌfaɪ〕*v.* 統一
　　字首是 uni

unit¹〔ˈjunɪt〕*n.* 單位
knit³〔nɪt〕*v.* 編織
knee¹〔ni〕*n.* 膝蓋
　　kn 的 k 不發音

【説明】

Our plans are not *definite*. （我們的計劃不明確。） Her patience is *infinite*. （她的耐心無限大。） *finite*〔ˈfaɪnaɪt〕這個字很容易唸錯，意思是「有限的；有限制的」（= *limited*）。We have a *finite* amount of time to finish the job. （我們完成工作的時間有限。） Fossil fuels are *finite*. （石化燃料是有限的。）

United we stand, divided we fall. (【諺】團結則立,分散則倒。) *unity*「統一;聯合;團結;一致」,The students gathered as a sign of *unity*. (學生聚集在一起,象徵著團結。) *Unity* is strength. (【諺】團結就是力量。) The treaty will *unify* the two sides. (這個條約將使兩方結合在一起。)

I finished the first *unit* of the assignment. (我完成了作業的第一個單元。) Grandma *knit* me a sweater. (祖母給我織了一件毛衣。) He sprained his *knee*. (他扭傷了膝蓋。) kn 的 k 一律不發音。

3. *distinct*

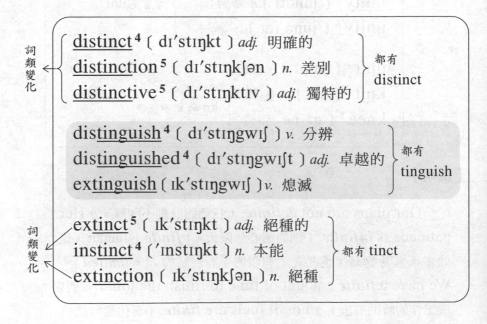

詞類變化

<u>distinct</u>[4] 〔 dɪ'stɪŋkt 〕 *adj.* 明確的
<u>distinction</u>[5] 〔 dɪ'stɪŋkʃən 〕 *n.* 差別
<u>distinctive</u>[5] 〔 dɪ'stɪŋktɪv 〕 *adj.* 獨特的

都有 distinct

dis<u>tinguish</u>[4] 〔 dɪ'stɪŋgwɪʃ 〕 *v.* 分辨
dis<u>tinguished</u>[4] 〔 dɪ'stɪŋgwɪʃt 〕 *adj.* 卓越的
ex<u>tinguish</u> 〔 ɪk'stɪŋgwɪʃ 〕 *v.* 熄滅

都有 tinguish

詞類變化

ex<u>tinct</u>[5] 〔 ɪk'stɪŋkt 〕 *adj.* 絕種的
ins<u>tinct</u>[4] 〔 'ɪnstɪŋkt 〕 *n.* 本能
ex<u>tinction</u> 〔 ɪk'stɪŋkʃən 〕 *n.* 絕種

都有 tinct

【說明】

distinct *adj.* 有區別的；不同的；清楚的；明顯的，They were classed into two *distinct* groups. (它們被歸入兩個不同的類組。) He has a *distinct* way of speaking. (他有不同的說話方式。) *distinction* *n.* 差別；區別；辨別，Young children cannot make a *distinction* between right and wrong. (小孩子無法分辨是非。) *distinctive* *adj.* 獨特的；與眾不同的；特別的 (= *unique*)，The *distinctive* design of Taipei 101 is well-known around the world. (台北 101 大樓獨特的設計聞名全世界。) 看到一個人行為很特別，你可以說：Your behavior is *distinctive*. (你的行為很特別。) What you are doing is *distinctive*. (你的所做所為很獨特。)

You cannot *distinguish* between right and wrong. (你無法分辨是非。) *distinguished* *adj.* 卓越的；傑出的；著名的，He is a *distinguished* author. (他是個著名的作家。) I *extinguished* the fire. (我把火熄滅了。)

Dinosaurs are *extinct*. (恐龍絕種了。) *instinct* *n.* 本能；直覺，He followed his *instinct*. (他按照他的直覺來做事。) The bears are being hunted into *extinction*. (熊快被獵殺至絕種。)

4. explicit

<u>explicit</u> 6〔 ɪk'splɪsɪt 〕 *adj.* 明確的
<u>explain</u> 2〔 ɪk'splen 〕 *v.* 解釋 ⎫ 詞類變化
<u>explanation</u> 4〔,ɛksplə'neʃən 〕 *n.* 解釋 ⎭

<u>implicit</u> 6〔 ɪm'plɪsɪt 〕 *adj.* 暗示的 ⎫
<u>imply</u> 4〔 ɪm'plaɪ 〕 *v.* 暗示 ⎬ 詞類變化
<u>implication</u> 6〔,ɪmplɪ'keʃən 〕 *n.* 暗示 ⎭

<u>apply</u> 2〔 ə'plaɪ 〕 *v.* 申請 ⎫
<u>supply</u> 2〔 sə'plaɪ 〕 *v.* 供給 ⎬ 字尾是 ply
<u>reply</u> 2〔 rɪ'plaɪ 〕 *v.* 回答 ⎭

【説明】

當你聽不懂別人説的話時，你可以説：Could you be more *explicit*？（你能更明確一點嗎？）You must have an *explicit* goal.（你必須要有明確的目標。）Please *explain* to me why you were absent.（請向我解釋你爲什麼缺席。）We need more *explanation*.（我們需要更多的解釋。）

implicit *adj.* 暗示的；不直言的；含蓄的，His instructions were *implicit*.（他的指示有暗示性。）She *implied* that the party was dull.（她暗示派對很無聊。）You don't understand the *implications* of our actions.（你不了解我們行動的含意。）

UNIT 11

> ***apply*** *v.* 申請;應徵;應用;塗抹,I will ***apply*** for a job.(我會應徵一份工作。)I will ***supply*** funds for your college.(我將供給你讀大學的基金。)She didn't ***reply*** to my e-mail.(她沒有回覆我的電子郵件。)

ap + ply	sup + ply	re + ply
|　　|	|　　|	|　　|
to + fold	*under + fold*	*back + fold*

【摺好交上去,即是「申請」】　【摺好給下面的人,即是「供給」】　【摺好拿回去,即是「回答」】

5. *precise*

precise[4]〔prɪ'saɪs〕*adj.* 精確的
concise[6]〔kən'saɪs〕*adj.* 簡明的   ⎫ 字尾是 cise
exercise[2]〔'ɛksə,saɪz〕*v.* 運動   ⎭

x 讀 /gz/ ← exert[6]〔ɪg'zɝt〕*v.* 運用
insert[4]〔ɪn'sɝt〕*v.* 插入   ⎫ 字尾是 ert
assert[6]〔ə'sɝt〕*v.* 主張   ⎭

ass[5]〔æs〕*n.* 屁股
assault[5]〔ə'sɔlt〕*v. n.* 襲擊(= *attack*)   ⎫ 都有 ass
assassinate[6]〔ə'sæsn̩,et〕*v.* 暗殺   ⎭

【説明】

You must make *precise* measurements. (你必須做精確的測量。) *concise* *adj.* 簡明的；簡潔的，The more *concise* a speech is, the better. (演講越簡潔越好。)(= *The more concise a speech, the better.*) Let's get some *exercise*. (我們去做一些運動吧。)

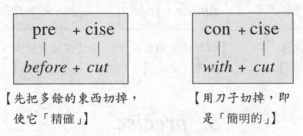

pre + cise	con + cise
| 　 |	| 　 |
before + cut	*with + cut*

【先把多餘的東西切掉，　　　　【用刀子切掉，即
　使它「精確」】　　　　　　　　是「簡明的」】

You didn't *exert* enough effort. (你不夠努力。) *Insert* your card here. (把你的卡片插在這裡。) *assert* *v.* 主張；斷言；堅稱，*assert yourself*「堅持自己的主張」，You need to *assert* yourself. (你需要堅持自己的主張。)

I kicked his *ass*. (我踢他的屁股。) She was *assaulted* in the alley. (她在巷子裡被襲擊。) The president was *assassinated*. (總統被暗殺。)

as sas sinate 有四個 s，唸起來殺氣很重，好像一定要讓對方死。

6. plain

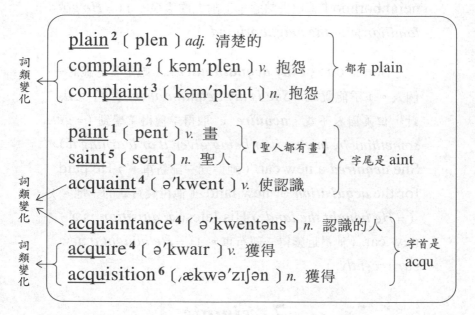

詞類變化

plain² 〔 plen 〕 *adj.* 清楚的
complain² 〔 kəm'plen 〕 *v.* 抱怨
complaint³ 〔 kəm'plent 〕 *n.* 抱怨

都有 plain

詞類變化

paint¹ 〔 pent 〕 *v.* 畫
saint⁵ 〔 sent 〕 *n.* 聖人
acquaint⁴ 〔 ə'kwent 〕 *v.* 使認識

【聖人都有畫】

字尾是 aint

詞類變化

acquaintance⁴ 〔 ə'kwentəns 〕 *n.* 認識的人
acquire⁴ 〔 ə'kwaɪr 〕 *v.* 獲得
acquisition⁶ 〔,ækwə'zɪʃən 〕 *n.* 獲得

字首是 acqu

UNIT 11

【說明】

　　plain 〔 plen 〕 *adj.* 清楚的；明白的；樸素的；普通的，
The dog is in *plain* sight. (這隻狗很清楚看得見。) The
answer is *plain* to see. (這個答案很清楚。) He wore
a *plain* T-shirt. (他穿著一件素面的 T 恤。) I can't
complain about the food. (我無法抱怨這個食物；這食物
不錯。) Your *complaint* was noted. (我們已經注意到你
的抱怨了。)

　　He loves to *paint*. (他喜歡畫畫。) She has the
patience of a *saint*. (她有聖人的耐心；她很有耐心。)
Are you *acquainted with* him? (你認識他嗎？)(= *Do*

UNIT 11

you know him?) He *acquainted* himself *with* the
neighborhood. (他去熟悉一下附近的環境。)(= *He got
familiar with the neighborhood.*)

She is one of my *acquaintances*. (她是我認識的一
個人。) 不能說成：*She is my acquaintance.*【誤】文法
對，但美國人不說。*acquire* v. 取得；獲得；學到 (= *get
something by buying it or being given it or learning it*)，
She *acquired* a new car. (她得到一部新車。) He paid
for the *acquisition* of new land. (他付錢買新的土地。)
(= *He bought the land.*) His latest *acquisition* is a
new car. (他最近獲得一部新車。)(= *He bought a new
car recently.*)

7. *simple*

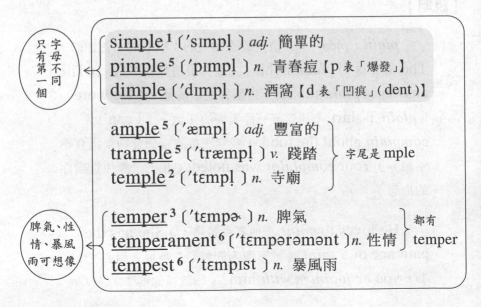

只有第一個字母不同 →

simple¹ 〔ˈsɪmpḷ 〕 adj. 簡單的
pimple⁵ 〔ˈpɪmpḷ 〕 n. 青春痘【p 表「爆發」】
dimple 〔ˈdɪmpḷ 〕 n. 酒窩【d 表「凹痕」(dent)】

ample⁵ 〔ˈæmpḷ 〕 adj. 豐富的
trample⁵ 〔ˈtræmpḷ 〕 v. 踐踏   〉字尾是 mple
temple² 〔ˈtɛmpḷ 〕 n. 寺廟

脾氣、性情、暴風雨可想像 →

temper³ 〔ˈtɛmpɚ 〕 n. 脾氣
temperament⁶ 〔ˈtɛmpərəmənt 〕 n. 性情   〉都有 temper
tempest⁶ 〔ˈtɛmpɪst 〕 n. 暴風雨

【說明】

I like to live a *simple* life. (我喜歡過簡單的生活。) *pimple* 背不下來，背 simple，p 表爆發音，青春痘一個一個爆出來，越擠越多。Better not squeeze a *pimple*. (最好不要擠青春痘。) (= *You had better not squeeze a pimple.*) The more you *squeeze* a pimple, the worse it gets. (青春痘越擠會越糟。) She has pretty *dimples* when she smiles. (當她笑的時候，有漂亮的酒窩。)

ample *adj.* 豐富的；大量的；充足的，We have *ample* time to finish the job. (我們有充裕的時間來完成這個工作。) tramp〔træmp〕*v.* 重步行走 (= *walk heavily*)，而 *trample* 則是「踐踏」(= *squash*)，You shouldn't *trample* the grass. (你不應該踐踏草地。) We visited a *temple* in Shanghai. (我們去遊覽過上海的一間廟。)

He has a bad *temper*. (他脾氣不好。) *temperament* *n.* 性情；性格；氣質；本性，She has a pleasant *temperament*. (她的性格很討人喜歡。)

He has a bad temper.

tempest *n.* 暴風雨 (= *a severe storm*)，Her anger was a *tempest* in a teapot. (她生氣是小題大作。) *a tempest in a teapot*「茶壺裡的風暴」，比喻「小題大作」。

8. *specific*

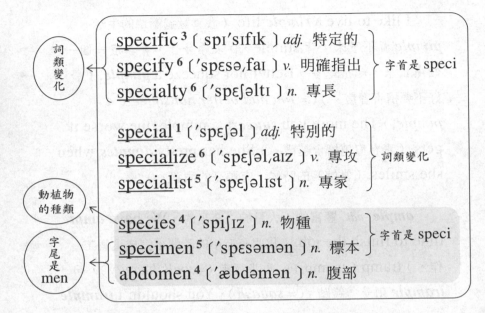

【説明】

　　specific *adj.* 特定的；明確的，I want to buy a *specific* type of shirt.（我要買特定款式的襯衫。）I *specified* that I wanted an aisle seat.（我明確指出我要靠走道的位子。）Teaching English is my *specialty*.（教英文是我的專長。）

　　This is a *special* day.（這是一個特別的日子。）*specialize* *v.* 專攻；專門從事；專門研究，和 in 連用，He *specialized* in English grammar.（他專門研究英文文法。）*specialist* *n.* 專家；專科醫生，He is a heart *specialist*.（他是心臟科專家。）

species   *n.* 物種；種 (= *a plant or animal group*)，
There are hundreds of *species* of snakes. (蛇的種類有
數百種。) *species* 這個字單複數同形。They have a
butterfly *specimen* in their lab. (他們有一個蝴蝶標本在
實驗室裡。) 複數形是 specimens。*abdomen* 這個字難
背，但和 specimen 或 gentlemen 一起背，就變得簡單。
abdomen 的同義字有：belly[3] 〔'bɛlɪ〕和 tummy[1]
〔'tʌmɪ〕。I feel a pain in my *abdomen*. (我覺得肚子
痛。)

9. *straightforward*

<u>straight</u>forward[5] 〔ˌstret'fɔrwəd〕 *adj.* 直率的
<u>straight</u>[2] 〔stret〕 *adj.* 直的
forward[2] 〔'fɔrwəd〕 *adv.* 向前

<u>ward</u>[5] 〔wɔrd〕 *n.* 病房
a<u>ward</u>[3] 〔ə'wɔrd〕 *n.* 獎 ⎫ 都有 ward
re<u>ward</u>[4] 〔rɪ'wɔrd〕 *n.* 報酬 ⎭

co<u>ward</u>[3] 〔'kaʊəd〕 *n.* 懦夫
ste<u>ward</u>[5] 〔'stjuwəd〕 *n.* 男服務員 ⎫ 字尾是 ward
awk<u>ward</u>[4] 〔'ɔkwəd〕 *adj.* 笨拙的 ⎭

UNIT 11

【說明】

straightforward *adj.* 直率的；正直的；明確的，He is very *straightforward*. (他很直率。) *straight* *adj.* 直的 *adv.* 直接地，She went *straight* home after school. (她放學後直接回家。) He cannot walk a *straight* line. (他無法走直線。) Look *forward*. Don't look back. (向前看。不要向後看。)

He is in the emergency *ward*. (他在急診病房。) He won another *award*. (他得了另一個獎。) He was *awarded* a prize. (他得到一個獎品。) I will give you a *reward* for what you did. (我會給你一個獎賞，報答你所做的事情。)

coward *n.* 懦夫，ard 指「人」。He is a *coward*. (他是懦夫。) The *steward* of the ship is on duty. (船上的男服務員正在值班。) stewardess 是「女服務員」或「空中小姐」。 I felt *awkward* in her presence. (在她面前我覺得不自在。)

【看牛的人很膽小，
　即是「懦夫」】

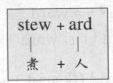

【煮東西的人，即
　是「男服務員」】

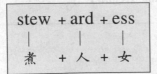

【在飛機上煮東西的女生，
　即是「空中小姐」】

不斷地看中文唸英文，能夠專心，有助於做翻譯題。

1. 清楚的 _____
   核子的 _____
   核心 _____

   裸體的 _____
   討厭的人或物 _____
   文藝復興 _____

   租 _____
   出租的 _____
   提供 _____

4. 明確的 _____
   解釋 _____
   解釋 _____

   暗示的 _____
   暗示 _____
   暗示 _____

   申請 _____
   供給 _____
   回答 _____

7. 簡單的 _____
   青春痘 _____
   酒窩 _____

   豐富的 _____
   踐踏 _____
   寺廟 _____

   脾氣 _____
   性情 _____
   暴風雨 _____

2. 明確的 _____
   無限的 _____
   有限的 _____

   使聯合 _____
   聯合 _____
   統一 _____

   單位 _____
   編織 _____
   膝蓋 _____

5. 精確的 _____
   簡明的 _____
   運動 _____

   運用 _____
   插入 _____
   主張 _____

   屁股 _____
   襲擊 _____
   暗殺 _____

8. 特定的 _____
   明確指出 _____
   專長 _____

   特別的 _____
   專攻 _____
   專家 _____

   物種 _____
   標本 _____
   腹部 _____

3. 明確的 _____
   差別 _____
   獨特的 _____

   分辨 _____
   卓越的 _____
   熄滅 _____

   絕種的 _____
   本能 _____
   絕種 _____

6. 清楚的 _____
   抱怨 _____
   抱怨 _____

   畫 _____
   聖人 _____
   使認識 _____

   認識的人 _____
   獲得 _____
   獲得 _____

9. 直率的 _____
   直的 _____
   向前 _____

   病房 _____
   獎 _____
   報酬 _____

   懦夫 _____
   男服務員 _____
   笨拙的 _____

UNIT 11

Unit 11　總整理：下面單字背至1分鐘內，終生不忘記。

1. *clear*	2. *definite*	3. *distinct*
clear	definite	distinct
nuclear	infinite	distinction
nucleus	finite	distinctive
nude	unite	distinguish
nuisance	unity	distinguished
renaissance	unify	extinguish
rent	unit	extinct
rental	knit	instinct
render	knee	extinction

4. *explicit*	5. *precise*	6. *plain*
explicit	precise	plain
explain	concise	complain
explanation	exercise	complaint
implicit	exert	paint
imply	insert	saint
implication	assert	acquaint
apply	ass	acquaintance
supply	assault	acquire
reply	assassinate	acquisition

7. *simple*	8. *specific*	9. *straightforward*
simple	specific	straightforward
pimple	specify	straight
dimple	specialty	forward
ample	special	ward
trample	specialize	award
temple	specialist	reward
temper	species	coward
temperament	specimen	steward
tempest	abdomen	awkward

Unit 12

你想稱讚別人嗎？下面九個字，每天都要說，都表示「聰明的」。*1* 和 *2* 字首是 *b*，*4,5,6* 字首是 *c*，*7,8* 字首是 *s*。先背同義字，再背其他部分才快。

1. bright（明亮的）*2. brilliant*（燦爛的）*3. gifted*（有天份的）*4. clever*（聰明的）*5. capable*（有能力的）*6. competent*（有能力的）*7. sharp*（敏銳的）*8. skillful*（熟練的）*9. innovative*（創新的）

UNIT 12

She is *bright*.（她很聰明。）
= She is *brilliant*.（她很聰明。）
= She is *gifted*.（她很有天份。）

= She is *clever*.（她很聰明。）
= She is *capable*.（她很有能力。）
= She is *competent*.（她很有能力。）

= She is *sharp*（她很聰明。）
= She is *skillful*.（她很熟練。）
= She is *innovative*.（她很有創意。）

在中文裡也一樣，聰明、有天份、有能力、很熟練、有創意，意思相近。

1. *bright*

bright[1]〔braɪt〕*adj.* 明亮的　⎫
right[1]〔raɪt〕*adj.* 對的　　⎬ 都有 right
fright[2]〔fraɪt〕*n.* 驚嚇　　⎭

這個字有很多

引申的意思 ←

outright[6]〔'aʊt͵raɪt〕*adj.* 完全的　⎫
upright[5]〔'ʌp͵raɪt〕*adj.* 正直的　⎬ 字尾是 right
copyright[5]〔'kɑpɪ͵raɪt〕*n.* 著作權　⎭

playwright[5]〔'ple͵raɪt〕*n.* 劇作家　⎫
player[1]〔'pleɚ〕*n.* 選手　　　⎬ 字首是 play
playful[2]〔'plefəl〕*adj.* 愛玩的　⎭

UNIT 12

【說明】

　　bright 有很多意思，主要的意思是「明亮的」(= *full of light*)，可引申為「聰明的」(= *intelligent*)、「快樂的」(= *lively*)、「前途光明的」(= *likely to succeed*)。看到一個人，很快樂又聰明，你就可以說：You are very *bright*. (你很聰明。) You made the *right* decision. (你做了正確的決定。) The strange noise gave me a *fright*. (這個奇怪的吵雜聲讓我嚇一跳。)

　　outright 可作「直率的；完全的；坦白的；徹底的」解，We achieved an *outright* victory. (我們大獲全勝。) You're an *upright* person. (你很正直。) We own the *copyright* to this book. (我們擁有這本書的著作權。)

She is a famous *playwright*.（她是個有名的劇作家。）
He is a basketball *player*.（他是籃球選手。）*playful* 可作
「愛玩的；頑皮的；開玩笑的；鬧著玩的」解，You're very
playful.（你喜歡鬧著玩。）The dog is *playful*.（狗很愛玩。）

2. brilliant

詞類變化

brilliant³〔'brɪljənt〕*adj.* 燦爛的
valiant⁶〔'væljənt〕*adj.* 英勇的 ⎤ 字尾是 liant

valid⁶〔'vælɪd〕*adj.* 有效的

validity⁶〔və'lɪdətɪ〕*n.* 效力
humidity⁴〔hju'mɪdətɪ〕*n.* 濕度 ⎤ 詞類變化
humid²〔'hjumɪd〕*adj.* 潮濕的

humiliate⁶〔hju'mɪlɪ,et〕*v.* 使丟臉
retaliate⁶〔rɪ'tælɪ,et〕*v.* 報復 ⎤ 同義字
revenge⁴〔rɪ'vɛndʒ〕*n.* 報復

【説明】

brilliant *adj.* 燦爛的；聰明的；傑出的；極好的；光亮的；
明亮的，依不同的前後文，有不同的意思。It was a **brilliant**
performance.（這場表演很精彩。）The **valiant** firemen
rescued the family.（英勇的消防隊員救了這一家人。）I
have a **valid** driver's license.（我的駕照是有效的。）

UNIT 12

There was no *validity* to what he said. (他所說的話不正確。) Today's *humidity* is lower than what it was yesterday. (今天的濕度比昨天低。) Today's *humidity* is very high. (今天的濕度很高。) Taiwan has a *humid* climate. (台灣的氣候潮濕。)

I felt *humiliated*. (我覺得很丟臉。)(= *I felt embarrassed*.) She was tempted to *retaliate*. (她想要報復。) She seeks *revenge*. (她想要報仇。)

3. gifted

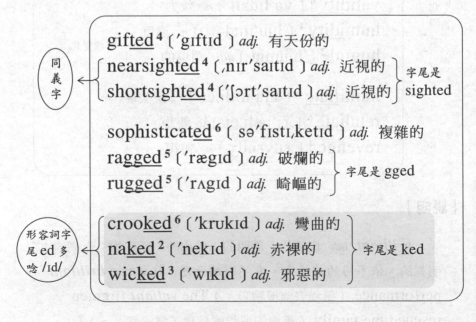

同義字

gift<u>ed</u> [4] 〔ˋgɪftɪd 〕 *adj.* 有天份的
nearsight<u>ed</u> [4] 〔͵nɪrˋsaɪtɪd 〕 *adj.* 近視的
shortsight<u>ed</u> [4] 〔ˋʃɔrtˋsaɪtɪd 〕 *adj.* 近視的

字尾是 sighted

sophisticat<u>ed</u> [6] 〔 səˋfɪstɪ͵ketɪd 〕 *adj.* 複雜的
ragg<u>ed</u> [5] 〔ˋrægɪd 〕 *adj.* 破爛的
rugg<u>ed</u> [5] 〔ˋrʌgɪd 〕 *adj.* 崎嶇的

字尾是 gged

形容詞字尾 ed 多唸 /ɪd/

crook<u>ed</u> [6] 〔ˋkrʊkɪd 〕 *adj.* 彎曲的
nak<u>ed</u> [2] 〔ˋnekɪd 〕 *adj.* 赤裸的
wick<u>ed</u> [3] 〔ˋwɪkɪd 〕 *adj.* 邪惡的

字尾是 ked

【說明】

　　gift 的主要意思是「禮物」，可引申為「天份」，因為是上帝給的禮物。*gifted* 是「有天份的」，You are a *gifted* speaker.（你天生會說話。）He is *nearsighted*.（他有近視。）(= *He is shortsighted.*)

sophisticate〔sə'fıstı,ket〕*v.* 使（人）懂世故；使複雜化，而 *sophisticated* 則是「複雜的；世故的；老練的；講究的」，She has *sophisticated* tastes.（她很有品味。）【泛指各方面，如衣服、食物等】You are getting more *sophisticated*.（你越來越懂人情世故。）His clothes are *ragged*.（他的衣服很破爛。）The road is *rugged*.（道路崎嶇不平。）

soph +	ist	+ ic + ate + d
wise +	*person* +	*adj.* + *v.* + *adj.*

【聰明的人比較「世故」、「複雜」、「老練」、「講究」】

　　crooked 是「彎曲的」，可引申為「歪的」，Your tie is *crooked*.（你的領帶歪了。）I was almost *naked* when they entered the room.（當他們進房間時，我幾乎沒穿衣服。）I knew that it was a *wicked* thing to do.（我知道這是件很缺德的事。）

4. clever

【說明】

He is a *clever* guy. (他是個聰明人。) He might not *ever* come back. (他也許永遠不會回來了。)【*not ever* 永不 (= *never*)】The money was lost *forever*. (那筆錢掉了，永遠找不到。)

foresee v. 預見；預知；預料，I don't *foresee* a problem. (我預料不會有問題。) I can *foresee* you having problems in the future. (我可以預見你未來會有問題。) you 不可改成 your。*forecast* 〔ˈfɔrˌkæst〕 n. 預測，〔 forˈkæst 〕 v. 預測，The weather *forecast* is

predicting rain.（氣象預報預測會下雨。）The company
is *forecasting* a drop in the stock market.（那家公司預
測股市會下跌。）

He is from a *foreign* country.（他是外國人。）
sovereign〔'sɑvrɪn〕*adj.* 主權獨立的　*n.* 君主；國王；女王，
這個字很難唸，但和 foreign 放在一起，就簡單了，它們的
g 都不發音。France is a *sovereign* state.（法國是個主權
獨立的國家。）*sovereignty* *n.* 主權；統治權；獨立自主權，
The country has gained *sovereignty*.（這個國家已經獲得
獨立自主權。）

5. *capable*

<u>capable</u>³〔'kepəbl̩〕*adj.* 有能力的
<u>capac</u>ity⁴〔kə'pæsətɪ〕*n.* 能力　　　　　字首是 capa
<u>capab</u>ility⁶〔ˌkepə'bɪlətɪ〕*n.* 能力

<u>ability</u>²〔ə'bɪlətɪ〕*n.* 能力
dis<u>ability</u>⁶〔ˌdɪsə'bɪlətɪ〕*n.* 無能力　　都有 ability
st<u>ability</u>⁶〔stə'bɪlətɪ〕*n.* 穩定

poss<u>ibility</u>²〔ˌpɑsə'bɪlətɪ〕*n.* 可能性
respons<u>ibility</u>³〔rɪˌspɑnsə'bɪlətɪ〕*n.* 責任　　字尾是
cred<u>ibility</u>⁶〔ˌkrɛdə'bɪlətɪ〕*n.* 可信度　　ibility

UNIT 12

【説明】

    I am *capable* of saving money. (我能夠存錢。)
capacity 可做「能力；容量」解，I have the *capacity* to
learn new things. (我有能力學新東西。) The elevator
capacity is 12 people. (這部電梯能容納 12 個人。) This
is beyond my *capability*. (這個超出我的能力範圍。)

    We have the *ability* to improve ourselves. (我們有
能力改善我們自己。) He has a learning *disability*. (他沒
有學習能力。) The country has enjoyed economic
stability for a long time. (這個國家長久以來一直經濟很
穩定。)

    There is a *possibility* of rain. (可能會下雨。) It is
my *responsibility* to look after you. (照顧你是我的責任。)
credibility 的意思是「可信度；可靠性」，常引申為「聲
譽」，Telling lies damaged his *credibility*. (說謊損害他
的聲譽。)

cred + ibil + ity
| | |
believe + adj. + n.

【可以相信，就是有「可信度」】

6. competent

<u>competent</u>⁶ 〔'kɑmpətənt 〕*adj.* 有能力的
<u>competence</u>⁶ 〔'kɑmpətəns 〕*n.* 能力
<u>compete</u>³ 〔 kəm'pit 〕*v.* 競爭

} 都有 compete

<u>competition</u>⁴ 〔,kɑmpə'tɪʃən 〕*n.* 競爭
<u>competi</u>tive⁴ 〔 kəm'pɛtɪtɪv 〕*adj.* 競爭激烈的
<u>competi</u>tor⁴ 〔 kəm'pɛtətɚ 〕*n.* 競爭者

詞類變化 ←

<u>edi</u>tor³ 〔'ɛdɪtɚ 〕*n.* 編輯
<u>jani</u>tor⁵ 〔'dʒænətɚ 〕*n.* 管理員
<u>moni</u>tor⁴ 〔'mɑnətɚ 〕*n.* 螢幕

} 字尾是 itor

UNIT 12

【説明】

He is a ***competent*** lawyer.（他是個有能力的律師。）Don't question her ***competence***.（不要質疑她的能力。）She loves to ***compete***.（她喜歡競爭。）

I enjoy ***competition***.（我喜歡競爭。）***competitive*** *adj.* 競爭的；競爭激烈的；有競爭力的，He is involved in ***competitive*** sports.（他參與競爭激烈的運動。）Our prices are ***competitive***.（我們的價格很有競爭力。）I respect my ***competitors***.（我尊敬我的競爭者。）

The ***editor*** corrected my article.（編輯改正我的文章。）The ***janitor*** mopped the floor.（管理員拖了地板。）***monitor***

n. 螢幕；監視器　v. 監視；監測；監控；監督；監聽，The teacher *monitors* her students' progress.（老師監督她學生們的進展。）

7. *sharp*

sharp¹〔 ʃɑrp 〕 *adj.* 銳利的
sharpen⁵〔'ʃɑrpən 〕 *v.* 使銳利　　} 詞類變化
shark¹〔 ʃɑrk 〕 *n.* 鯊魚

bark²〔 bɑrk 〕 *n.* 船　*v.* （狗）吠叫
embark⁶〔 ɪm'bɑrk 〕 *v.* 搭船　} 都有 bark
spark⁴〔 spɑrk 〕 *n.* 火花

remark⁴〔 rɪ'mɑrk 〕 *n.* 評論
landmark⁴〔'lænd͵mɑrk 〕 *n.* 地標　} 字尾是 mark
trademark⁵〔'tred͵mɑrk 〕 *n.* 商標

【説明】

The knife is very *sharp*.（那把刀很銳利。）*sharpen* *v.*
使銳利；（使）提升；（使）改善，You must *sharpen* your
skill.（你必須提升你的技能。）You can see a *shark* in the
aquarium.（你可以在水族館看到鯊魚。）

bark *v.* （狗）吠叫　*n.* 吠叫；樹皮；
船，Putting your hands on your waist
will stop the dog from *barking* at you.

（兩手插腰會阻止狗對你吠叫。）You can *embark* for Europe at New York harbor.（你可以在紐約的港口搭船到歐洲。）*Sparks* flew in all directions.（火花四射。）

　　I didn't hear his *remarks*.（我沒聽到他說的話。）（= *I didn't hear what he said.*）This is a major *landmark*.（這是個主要的地標。）A *trademark* is a symbol that represents a product.（商標是代表一項產品的符號。）Copying the *trademark* will violate the law.（複製商標會違反法律。）

8. skillful

<u>skill</u>ful² 〔'skɪlfəl〕*adj.* 熟練的
<u>skill</u>ed² 〔skɪld〕*adj.* 熟練的 ｝同義字
<u>learn</u>ed⁴ 〔'lɜnɪd〕*adj.* 有學問的【注意發音】

字首是 a ←

<u>a</u>dvanced³ 〔əd'vænst〕*adj.* 先進的
<u>a</u>shamed⁴ 〔ə'ʃemd〕*adj.* 感到羞恥的
<u>a</u>bsentminded⁶ 〔'æbsn̩t'maɪndɪd〕*adj.* 心不在焉的；健忘的 ｝字尾是 ed

<u>a</u>b<u>sent</u>² 〔'æbsn̩t〕*adj.* 缺席的
pre<u>sent</u>² 〔'prɛzn̩t〕*adj.* 出席的 ｝反義字
re<u>sent</u>⁵ 〔rɪ'zɛnt〕*v.* 憎恨

UNIT 12

【說明】

He is a *skillful* dentist. (他是個技術熟練的牙醫。) She is a *skilled* painter. (她是個技術純熟的畫家。) He is a *learned* man. (他是個有學問的人。)

advanced *adj.* 先進的；高級的；高階的；高級程度的，This class is for *advanced* students. (這個班級是給高階學生上的。) I'm *ashamed* of my behavior. (我為我的行為感到羞恥。) *absentminded* *adj.* 心不在焉的；健忘的，I'm always *absentminded*. (我總是很健忘。)

He was *absent* for three days. (他缺席三天。) *present* *adj.* 出席的；在場的，I was *present* when he fell down. (當他跌落時我在現場。) I don't *resent* him. (我不恨他。)

9. innovative

innovative [6] 〔'ɪnəˌvetɪv〕 *adj.* 創新的
innovation [6] 〔ˌɪnə'veʃən〕 *n.* 創新
starvation [6] 〔star'veʃən〕 *n.* 飢餓
> 詞類變化

reservation [4] 〔ˌrɛzə'veʃən〕 *n.* 預訂
preservation [4] 〔ˌprɛzə'veʃən〕 *n.* 保存
conservation [6] 〔ˌkɑnsə'veʃən〕 *n.* 節省
> 字尾是 servation

要看說明 ←

observation [4] 〔ˌɑbzə'veʃən〕 *n.* 觀察
motivation [4] 〔ˌmotə'veʃən〕 *n.* 動機
salvation [6] 〔sæl'veʃən〕 *n.* 拯救
> 字尾是 vation

【說明】

Their *innovative* design won many awards.（他們創新的設計贏得許多獎。）Our company is known for *innovation*.（我們公司以創新出名。）There are still many people dying of *starvation*.（仍然有很多人餓死。）

Can I make a *reservation* for two?（我可不可以預訂兩個人的座位？）*preservation* n. 保存；保護；維護，*Preservation* of the environment is vital.（環境的保護非常重要。）We should be involved in energy *conservation*.（我們應該節省能源。）

re + serv + ation
back + keep   n.

【留到以後再來用，即是「預訂」】

pre + serv + ation
before + keep   n.

【保留在以前的狀態，即是「保存；保護」】

con + serv + ation
all + keep   n.

【全部都保留下來，即是「節省」】

She remains under *observation* in the hospital.（她仍然在醫院接受觀察。）She has strong *motivation* to succeed.（她有強烈的動機要成功。）Many people believe religion is their only *salvation*.（許多人相信宗教是他們唯一的救贖。）Work is my *salvation*.（工作可以拯救我。）

UNIT 12

不斷地看中文唸英文，能夠專心，有助於做翻譯題。

1. 明亮的 ＿＿＿＿＿＿
   對的 ＿＿＿＿＿＿
   驚嚇 ＿＿＿＿＿＿

   完全的 ＿＿＿＿＿＿
   正直的 ＿＿＿＿＿＿
   著作權 ＿＿＿＿＿＿

   劇作家 ＿＿＿＿＿＿
   選手 ＿＿＿＿＿＿
   愛玩的 ＿＿＿＿＿＿

4. 聰明的 ＿＿＿＿＿＿
   曾經 ＿＿＿＿＿＿
   永遠 ＿＿＿＿＿＿

   預見 ＿＿＿＿＿＿
   預測 ＿＿＿＿＿＿
   額頭 ＿＿＿＿＿＿

   外國的 ＿＿＿＿＿＿
   主權獨立的 ＿＿＿＿＿
   主權 ＿＿＿＿＿＿

7. 銳利的 ＿＿＿＿＿＿
   使銳利 ＿＿＿＿＿＿
   鯊魚 ＿＿＿＿＿＿

   船 ＿＿＿＿＿＿
   搭船 ＿＿＿＿＿＿
   火花 ＿＿＿＿＿＿

   評論 ＿＿＿＿＿＿
   地標 ＿＿＿＿＿＿
   商標 ＿＿＿＿＿＿

2. 燦爛的 ＿＿＿＿＿＿
   英勇的 ＿＿＿＿＿＿
   有效的 ＿＿＿＿＿＿

   效力 ＿＿＿＿＿＿
   濕度 ＿＿＿＿＿＿
   潮濕的 ＿＿＿＿＿＿

   使丟臉 ＿＿＿＿＿＿
   報復 ＿＿＿＿＿＿
   報復 ＿＿＿＿＿＿

5. 有能力的 ＿＿＿＿＿＿
   能力 ＿＿＿＿＿＿
   能力 ＿＿＿＿＿＿

   能力 ＿＿＿＿＿＿
   無能力 ＿＿＿＿＿＿
   穩定 ＿＿＿＿＿＿

   可能性 ＿＿＿＿＿＿
   責任 ＿＿＿＿＿＿
   可信度 ＿＿＿＿＿＿

8. 熟練的 ＿＿＿＿＿＿
   熟練的 ＿＿＿＿＿＿
   有學問的 ＿＿＿＿＿＿

   先進的 ＿＿＿＿＿＿
   感到羞恥的 ＿＿＿＿＿
   心不在焉的 ＿＿＿＿＿

   缺席的 ＿＿＿＿＿＿
   出席的 ＿＿＿＿＿＿
   憎恨 ＿＿＿＿＿＿

3. 有天份的 ＿＿＿＿＿＿
   近視的 ＿＿＿＿＿＿
   近視的 ＿＿＿＿＿＿

   複雜的 ＿＿＿＿＿＿
   破爛的 ＿＿＿＿＿＿
   崎嶇的 ＿＿＿＿＿＿

   彎曲的 ＿＿＿＿＿＿
   赤裸的 ＿＿＿＿＿＿
   邪惡的 ＿＿＿＿＿＿

6. 有能力的 ＿＿＿＿＿＿
   能力 ＿＿＿＿＿＿
   競爭 ＿＿＿＿＿＿

   競爭 ＿＿＿＿＿＿
   競爭激烈的 ＿＿＿＿＿
   競爭者 ＿＿＿＿＿＿

   編輯 ＿＿＿＿＿＿
   管理員 ＿＿＿＿＿＿
   螢幕 ＿＿＿＿＿＿

9. 創新的 ＿＿＿＿＿＿
   創新 ＿＿＿＿＿＿
   飢餓 ＿＿＿＿＿＿

   預訂 ＿＿＿＿＿＿
   保存 ＿＿＿＿＿＿
   節省 ＿＿＿＿＿＿

   觀察 ＿＿＿＿＿＿
   動機 ＿＿＿＿＿＿
   拯救 ＿＿＿＿＿＿

UNIT 12

Unit 12　總整理：下面單字背至 1 分鐘內，終生不忘記。

1. bright	*2. brilliant*	*3. gifted*
bright	brilliant	gifted
right	valiant	nearsighted
fright	valid	shortsighted
outright	validity	sophisticated
upright	humidity	ragged
copyright	humid	rugged
playwright	humiliate	crooked
player	retaliate	naked
playful	revenge	wicked

4. clever	*5. capable*	*6. competent*
clever	capable	competent
ever	capacity	competence
forever	capability	compete
foresee	ability	competition
forecast	disability	competitive
forehead	stability	competitor
foreign	possibility	editor
sovereign	responsibility	janitor
sovereignty	credibility	monitor

7. sharp	*8. skillful*	*9. innovative*
sharp	skillful	innovative
sharpen	skilled	innovation
shark	learned	starvation
bark	advanced	reservation
embark	ashamed	preservation
spark	absentminded	conservation
remark	absent	observation
landmark	present	motivation
trademark	resent	salvation

索 引

- abandon⁴ —— 123
- abdomen⁴ —— 172
- ability² —— 183
- abolish⁶ —— 40
- abound⁶ —— 95
- abroad² —— 111
- absent² —— 187
- absentminded⁶ —— 187
- absolute⁴ —— 88

- abundance⁶ —— 95
- abundant⁵ —— 95
- accent⁴ —— 56
- accident³ —— 6
- accommodate⁶ —— 29
- accomplish⁴ —— 40
- accountable⁶ —— 104
- accumulate⁶ —— 50
- acquaint⁴ —— 169

- acquaintance⁴ —— 169
- acquire⁴ —— 169
- acquisition⁶ —— 169
- activity³ —— 121
- administer⁶ —— 42
- adolescent⁵ —— 56
- advanced³ —— 187
- agency⁴ —— 21
- agenda⁵ —— 21
- agent⁴ —— 21

- aim² —— 151
- already¹ —— 142
- ambiguity⁶ —— 156
- ambiguous⁶ —— 156
- ambition³ —— 156
- ambitious⁴ —— 156
- ample⁵ —— 170
- anger¹ —— 59
- antibiotic⁶ —— 124

- apart³ —— 148
- applaud⁵ —— 109
- apply² —— 166
- approval⁴ —— 43
- aquarium³ —— 134
- arch⁴ —— 91
- armchair⁵ —— 81
- arrival³ —— 5
- articulate⁶ —— 50

- ashamed⁴ —— 187
- ass⁵ —— 167
- assassinate⁶ —— 167
- assault⁵ —— 167
- assert⁶ —— 167
- assistant² —— 112
- asthma⁶ —— 10
- astonish⁵ —— 92
- attend² —— 155
- attendant⁶ —— 155

- attention² —— 155
- audience³ —— 134
- audio⁴ —— 134
- auditorium⁵ —— 134
- authentic⁶ —— 101
- award³ —— 173
- awkward⁴ —— 173
- bachelor⁵ —— 76
- badminton² —— 86

- banker² —— 19
- bark² —— 186
- batch⁵ —— 73
- bill² —— 58
- biological⁶ —— 75
- blister⁴ —— 9
- boast⁴ —— 111
- bodyguard⁵ —— 131
- bog⁵ —— 80

- boil² —— 23
- bound⁵ —— 95
- brave¹ —— 121
- breeze³ —— 69
- bright¹ —— 178
- brilliant³ —— 179
- broad² —— 111
- broadcast² —— 111
- broaden⁵ —— 147
- broil⁴ —— 23

☐ bug³ —— 64
☐ burden³ —— 147
☐ burger² —— 59
☐ butter¹ —— 86
☐ butterfly¹ —— 86
☐ button² —— 86
☐ cabin³ —— 152
☐ cabinet⁴ —— 152
☐ cactus⁵ —— 45

☐ calculate⁴ —— 50
☐ calculation⁴ —— 12
☐ call¹ —— 89
☐ camp¹ —— 26
☐ campaign⁴ —— 26
☐ campus³ —— 45
☐ candidate⁴ —— 29
☐ capability⁶ —— 183
☐ capable³ —— 183
☐ capacity⁴ —— 183

☐ captive⁶ —— 136
☐ captivity⁶ —— 121
☐ career⁴ —— 65
☐ carefree⁵ —— 107
☐ caretaker⁵ —— 19
☐ carnation⁵ —— 5
☐ carnival⁶ —— 5
☐ cart² —— 148
☐ carton⁵ —— 86
☐ casual³ —— 37

☐ cater⁶ —— 15
☐ caterpillar³ —— 15
☐ cautious⁵ —— 156
☐ cavity⁶ —— 121
☐ cell² —— 15
☐ cellar⁵ —— 15
☐ cello⁵ —— 15
☐ chamber⁴ —— 1
☐ champion³ —— 26

☐ chariot⁶ —— 124
☐ charitable⁶ —— 124
☐ charity⁴ —— 124
☐ chart¹ —— 148
☐ chase¹ —— 150
☐ chat³ —— 150
☐ chatter⁵ —— 150
☐ cheer³ —— 65
☐ cheerful³ —— 107
☐ cinema⁴ —— 10

☐ circulate⁴ —— 50
☐ circulation⁴ —— 12
☐ claim² —— 151
☐ clamp⁶ —— 78
☐ clay² —— 138
☐ clear¹ —— 162
☐ clever² —— 182
☐ cliff⁴ —— 33
☐ clinic³ —— 118
☐ clipper³ —— 24

☐ cluster⁵ —— 9
☐ coast¹ —— 111
☐ cocktail³ —— 76
☐ coil⁵ —— 23
☐ collar³ —— 15
☐ colleague⁵ —— 15
☐ collect² —— 48
☐ comma³ —— 10
☐ commodity⁵ —— 28

☐ common¹ —— 28
☐ commonplace⁵ —— 28
☐ companion⁴ —— 26
☐ compassion⁵ —— 105
☐ compassionate⁵ — 105
☐ compete³ —— 185
☐ competence⁶ —— 185
☐ competent⁶ —— 185
☐ competition⁴ —— 185
☐ competitive⁴ —— 185

☐ competitor⁴ —— 185
☐ complain² —— 169
☐ complaint³ —— 169
☐ complement⁵ —— 109
☐ complex³ —— 109
☐ complexion⁶ —— 109
☐ complexity⁶ —— 109
☐ complicate⁴ —— 109
☐ complication⁶ — 109
☐ compliment⁵ —— 109

索
引

☐ comprehensive⁶ — 46
☐ concise⁶ —— 167
☐ conclude³ —— 151
☐ conclusion³ —— 151
☐ condemn⁵ —— 112
☐ confident³ —— 6
☐ congratulate⁴ —— 50
☐ congratulations² — 12
☐ conscientious⁶ — 156

☐ consensus⁶ —— 45
☐ conservation⁶ —— 188
☐ considerate⁵ —— 105
☐ consolation⁶ —— 12
☐ constitute⁴ —— 96
☐ constitution⁴ —— 96
☐ constitutional⁵ — 96
☐ contaminate⁵ —— 3
☐ contemplate⁵ —— 132
☐ contemplation⁶ — 132

☐ contemporary⁵ — 132
☐ contempt⁵ —— 132
☐ contend⁵ —— 155
☐ contest⁴ —— 112
☐ contestant⁶ —— 112
☐ conventional⁴ —— 96
☐ cooker² —— 19
☐ copper⁴ —— 24
☐ copyright⁵ —— 178
☐ coral⁵ —— 39

☐ correspond⁴ —— 137
☐ correspondent⁶ —— 6
☐ corrupt⁵ —— 137
☐ corruption⁶ —— 137
☐ cotton² —— 86
☐ counselor⁵ —— 76
☐ countable³ —— 104
☐ coward³ —— 173
☐ cracker⁵ —— 19

☐ cramp⁶ —— 78
☐ cream² —— 71
☐ creativity⁴ —— 121
☐ credibility⁶ —— 183
☐ criterion⁶ —— 26
☐ criticize⁴ —— 112
☐ crooked⁶ —— 180
☐ crumble⁶ —— 102
☐ cucumber⁴ —— 1
☐ curious² —— 31

☐ damp⁴ —— 78
☐ dandruff⁶ —— 33
☐ danger¹ —— 55
☐ dart⁵ —— 148
☐ date¹ —— 29
☐ decent⁶ —— 56
☐ defensive⁴ —— 46
☐ definite⁴ —— 163
☐ delay² —— 138
☐ depart⁴ —— 148

☐ dependable⁴ —— 138
☐ dependent⁴ —— 6
☐ descent⁶ —— 56
☐ destination⁵ —— 158
☐ destined⁶ —— 158
☐ destiny⁵ —— 158
☐ detail³ —— 76
☐ detective⁴ —— 136
☐ dilemma⁶ —— 10

☐ diligent³ —— 141
☐ diminish⁶ —— 92
☐ dimple —— 170
☐ diploma⁴ —— 10
☐ diplomacy⁶ —— 10
☐ diplomat⁴ —— 10
☐ diplomatic⁶ —— 10
☐ directory⁶ —— 108
☐ disability⁶ —— 183
☐ disaster⁴ —— 42

☐ discover¹ —— 117
☐ discriminate⁵ —— 3
☐ dispatch⁶ —— 73
☐ dissident⁶ —— 6
☐ dissolve⁶ —— 88
☐ distinct⁴ —— 164
☐ distinction⁵ —— 164
☐ distinctive⁵ —— 164
☐ distinguish⁴ —— 164
☐ distinguished⁴ — 164

索引

- ditch[3] —— 85
- dome[6] —— 108
- domestic[3] —— 108
- dominate[4] —— 3
- donate[6] —— 5
- donation[6] —— 5
- dormitory[4,5] —— 108
- download[4] —— 29
- drag[2] —— 60

- drama[2] —— 10
- drastic[6] —— 108
- driveway[5] —— 107
- drug[3] —— 64
- dwarf[5] —— 122
- dwell[5] —— 122
- dwelling[5] —— 122
- eager[3] —— 59
- eagle[1] —— 59
- earnest[4] —— 101

- editor[3] —— 185
- eel[3] —— 81
- elastic[4] —— 108
- elect[2] —— 48
- eliminate[4] —— 3
- elite[6] —— 3
- embark[6] —— 186
- encourage[2] —— 127
- endanger[4] —— 55
- enroll[5] —— 72

- enrollment[5] —— 72
- enthusiastic[5] —— 108
- environment[2] —— 14
- environmental[3] —— 14
- eruption[6] —— 137
- essential[4] —— 127
- establish[4] —— 40
- ethic[5] —— 118
- ethical[6] —— 118

- ethics[5] —— 118
- ethnic[6] —— 118
- ever[1] —— 182
- evergreen[5] —— 126
- example[1] —— 119
- exclaim[5] —— 151
- exclude[5] —— 151
- exclusive[6] —— 151
- executive[5] —— 136
- exercise[2] —— 167

- exert[6] —— 167
- exotic[6] —— 124
- expensive[2] —— 46
- experiment[3] —— 14
- experimental[4] —— 14
- explain[2] —— 166
- explanation[4] —— 166
- explicit[6] —— 166
- extend[4] —— 155
- extensive[5] —— 46

- extinct[5] —— 164
- extinction —— 164
- extinguish —— 164
- fall[1] —— 89
- fantastic[4] —— 108
- fatal[4] —— 39
- festival[2] —— 5
- fetch[4] —— 85
- fiber[5] —— 1

- fill[1] —— 58
- finite[6] —— 163
- flag[2] —— 60
- flatter[4] —— 150
- flicker[6] —— 19
- flute[2] —— 88
- fog[1] —— 80
- foggy[2] —— 80
- foil[4] —— 23
- foolish[2] —— 40

- forecast[4] —— 182
- forehead[3] —— 182
- foreign[1] —— 182
- foresee[6] —— 182
- forever[3] —— 182
- forward[2] —— 173
- foster[6] —— 9
- found[3] —— 95
- foundation[4] —— 95
- frank[2] —— 101

索引

索引

☐ free¹ —— 107
☐ freedom² —— 107
☐ freeway⁴ —— 107
☐ freeze³ —— 69
☐ friendship³ —— 141
☐ fright² —— 178
☐ frog¹ —— 80
☐ fulfill⁴ —— 58
☐ fund³ —— 14

☐ fundamental⁴ —— 14
☐ furious⁴ —— 31
☐ furnish⁴ —— 92
☐ furniture³ —— 92
☐ gangster⁴ —— 9
☐ generosity⁴ —— 104
☐ generous² —— 104
☐ genuine⁴ —— 101
☐ gifted⁴ —— 180
☐ giggle⁴ —— 59

☐ ginger⁴ —— 55
☐ glorious⁴ —— 31
☐ goal² —— 147
☐ goat² —— 147
☐ golden² —— 147
☐ grasshopper³ —— 24
☐ grave⁴ —— 121
☐ gravity⁵ —— 121
☐ green¹ —— 126
☐ greenhouse³ —— 126

☐ grim⁵ —— 93
☐ grumble⁵ —— 102
☐ guard² —— 131
☐ gymnasium³ —— 134
☐ habit² —— 37
☐ habitat⁶ —— 37
☐ habitual⁴ —— 37
☐ hacker⁶ —— 19
☐ hall⁴ —— 89

☐ happy¹ —— 139
☐ hard¹ —— 141
☐ harden⁴ —— 147
☐ hardly² —— 141
☐ hardship⁴ —— 141
☐ hardware⁴ —— 126
☐ hard-working —— 141
☐ hardy⁵ —— 141
☐ hatch³ —— 73
☐ heel³ —— 81

☐ highway² —— 107
☐ hill¹ —— 58
☐ honest² —— 132
☐ honesty —— 132
☐ honorable —— 132
☐ honorary⁶ —— 132
☐ hospitable⁶ —— 104
☐ hound⁵ —— 95
☐ hug³ —— 64
☐ humble² —— 102

☐ humid² —— 179
☐ humidity⁴ —— 179
☐ humiliate⁶ —— 179
☐ hunger² —— 59
☐ idiot⁵ —— 124
☐ illuminate⁶ —— 3
☐ implication⁶ —— 166
☐ implicit⁶ —— 166
☐ imply⁴ —— 166

☐ incident⁴ —— 6
☐ include² —— 151
☐ inclusive⁶ —— 151
☐ independent² —— 6
☐ inevitable⁶ —— 104
☐ infectious⁶ —— 156
☐ infinite⁵ —— 163
☐ influence² —— 127
☐ influential⁴ —— 127
☐ inhabit⁶ —— 37

☐ inject⁶ —— 153
☐ innocent³ —— 56
☐ innovation⁶ —— 188
☐ innovative⁶ —— 188
☐ insert⁴ —— 167
☐ inspire⁴ —— 127
☐ install⁴ —— 89
☐ instinct⁴ —— 164
☐ institute⁵ —— 96
☐ institution⁶ —— 96

☐ intellect[6] — 48
☐ intellectual[4] — 48
☐ intelligence[4] — 48
☐ intelligent[4] — 48
☐ intend[4] — 155
☐ intense[4] — 46
☐ intensify[4] — 46
☐ intensity[4] — 46
☐ intensive[4] — 46
☐ intention[4] — 155

☐ Internet[4] — 152
☐ interruption[4] — 137
☐ interval[6] — 43
☐ intervene[6] — 43
☐ intervention[6] — 43
☐ interview[2] — 43
☐ intimidate[6] — 29
☐ irritable[6] — 104
☐ isolation[4] — 12
☐ itch[4] — 85

☐ janitor[5] — 185
☐ jeer[5] — 65
☐ jog[2] — 80
☐ jolly[5] — 80
☐ jug[5] — 64
☐ keen[4] — 126
☐ kill[1] — 58
☐ kind[1] — 105
☐ knee[1] — 163
☐ kneel[3] — 81

☐ knit[3] — 163
☐ lag[4] — 60
☐ lamp[1] — 78
☐ landmark[4] — 186
☐ lawmaker[5] — 19
☐ lay[1] — 138
☐ leadership[2] — 141
☐ league[5] — 15
☐ learned[4] — 187
☐ legislation[5] — 12

☐ lemon[2] — 28
☐ lifeboat[3] — 131
☐ lifeguard[3] — 131
☐ lifelong[5] — 131
☐ lifetime[3] — 131
☐ lighthouse[3] — 126
☐ linger[5] — 59
☐ lobster[3] — 42
☐ locker[4] — 19
☐ logical[4] — 75

☐ longevity[6] — 121
☐ lotus[5] — 45
☐ lumber[5] — 1
☐ luxurious[4] — 31
☐ magical[3] — 75
☐ magnet[3] — 152
☐ magnificent[4] — 56
☐ maiden[5] — 147
☐ main[2] — 71
☐ mainland[5] — 71

☐ mainstream[5] — 71
☐ mall[3] — 89
☐ manager[3] — 55
☐ manipulate[6] — 50
☐ maple[5] — 119
☐ mar[6] — 62
☐ marble[3] — 62
☐ march[3] — 62
☐ margin[4] — 62
☐ marginal[5] — 62

☐ mark[2] — 62
☐ marvel[5] — 62
☐ marvelous[3] — 62
☐ master[1] — 42
☐ match[2,1] — 73
☐ medal[3] — 63
☐ medical[3] — 63
☐ medication[6] — 63
☐ medicine[2] — 63
☐ medieval[6] — 43

☐ mental[3] — 14
☐ messenger[4] — 55
☐ metal[4] — 39
☐ mill[3] — 58
☐ minister[4] — 42
☐ mister[1] — 42
☐ modest[4] — 102
☐ monarch[5] — 91
☐ monitor[4] — 185
☐ monster[2] — 42

索引

索引

moral³ —— 39
morale⁶ —— 39
morality⁶ —— 39
mortal⁵ —— 39
motivate⁴ —— 127
motivation⁴ —— 188
mound⁵ —— 95
move¹ —— 127
mug¹ —— 64
mumble⁵ —— 102

mutter⁵ —— 86
mutton⁵ —— 86
mysterious⁴ —— 31
nag⁵ —— 60
naked² —— 180
nation¹ —— 158
national² —— 158
nationality⁴ —— 158
native³ —— 136
natural² —— 101

naval⁶ —— 43
nearsighted⁴ —— 180
neglect⁴ —— 48
net² —— 152
newscaster⁶ —— 9
noble³ —— 118
nominate⁵ —— 3
nominee⁶ —— 3
notorious⁶ —— 31
nuclear⁴ —— 162

nucleus⁵ —— 162
nude⁵ —— 162
nuisance⁶ —— 162
nutritious⁶ —— 156
obedience⁴ —— 134
obedient⁴ —— 134
obey² —— 134
object² —— 153
objection⁴ —— 153
objective⁴ —— 153

oblong⁵ —— 153
observation⁴ —— 188
October¹ —— 45
octopus⁵ —— 45
offensive⁴ —— 46
oil¹ —— 23
onion² —— 26
opinion² —— 26
optimistic³ —— 107
oral⁴ —— 39

organ² —— 139
organic⁴ —— 139
organism⁶ —— 139
original³ —— 62
outnumber⁶ —— 1
outright⁶ —— 178
oval⁴ —— 43
ownership³ —— 141
oyster⁵ —— 42
paint¹ —— 169

pan² —— 21
pancake³ —— 21
panda² —— 21
panic³ —— 118
pardon² —— 123
parlor⁵ —— 76
part¹ —— 123
partial⁴ —— 123
participant⁵ —— 123
participate³ —— 123

participation⁴ —— 123
participle⁴ —— 123
passenger² —— 55
passion³ —— 105
pat² —— 73
patch⁵ —— 73
patriot⁵ —— 124
patriotic⁶ —— 124
pedal⁴ —— 63
peddler⁵ —— 63

peel³ —— 81
peer⁴ —— 65
pepper² —— 24
percent⁴ —— 56
perch⁵ —— 91
person¹ —— 158
personal² —— 158
personality³ —— 158
persuade³ —— 127
petal² —— 39

pilgrim[4] —— 93
pill[3] —— 58
pillar[5] —— 15
pimple[5] —— 170
pitch[2] —— 85
plain[2] —— 169
plan[1] —— 152
planet[2] —— 152
plant[1] —— 152
plantation[5] —— 152

plastic[3] —— 108
player[1] —— 178
playful[2] —— 178
playwright[5] —— 178
plug[3] —— 64
plumber[3] —— 1
polish[4] —— 40
poll[3] —— 72
pollutant[6] —— 112
pollute[3] —— 88

pond[4] —— 137
populate[6] —— 50
porch[5] —— 91
possibility[2] —— 183
poster[3] —— 9
potential[5] —— 127
praise[2] —— 109
precise[4] —— 167
prepared[1] —— 142
present[2] —— 187

preservation[4] —— 188
president[2] —— 6
pretend[3] —— 155
profitable[4] —— 104
profound[6] —— 95
project[2] —— 153
prolong[5] —— 153
propaganda[6] —— 21
protest[4] —— 112
psychological[4] —— 75

publish[4] —— 40
puff[5] —— 33
punctual[6] —— 37
punish[2] —— 92
puppy[2] —— 139
purchase[5] —— 150
purple[1] —— 150
purpose[1] —— 150
quarrel[3] —— 112
queer[3] —— 65

rag[3] —— 60
ragged[5] —— 180
rainfall[4] —— 89
ramp[6] —— 78
ready[1] —— 142
real[1] —— 101
recall[4] —— 89
recent[2] —— 56
recover[3] —— 117
reel[5] —— 81

reflect[4] —— 48
register[4] —— 9
reject[2] —— 153
relative[4] —— 136
relay[6] —— 138
reliable[3] —— 138
reliance[6] —— 138
relic[5] —— 40
relish[6] —— 40
rely[3] —— 138

remark[4] —— 186
removal[6] —— 43
renaissance[5] —— 162
render[6] —— 162
rent[3] —— 162
rental[6] —— 162
reply[2] —— 166
representative[3] —— 136
resent[5] —— 187
reservation[4] —— 188

resident[5] —— 6
resolute[6] —— 88
resolution[4] —— 88
resolve[4] —— 88
respectable[4] —— 136
respectful[4] —— 136
respective[6] —— 136
respond[3] —— 137
response[3] —— 137
responsibility[3] —— 183

索
引

索引

☐ responsible[2] —— 137
☐ retail[6] —— 76
☐ retaliate[6] —— 179
☐ reunion[4] —— 26
☐ revenge[4] —— 179
☐ revival[6] —— 5
☐ reward[4] —— 173
☐ right[1] —— 178
☐ rim[5] —— 93
☐ riot[6] —— 124

☐ ritual[6] —— 37
☐ rival[5] —— 5
☐ road[1] —— 111
☐ roast[3] —— 111
☐ robber[3] —— 1
☐ roll[1] —— 72
☐ rooster[1] —— 42
☐ rubber[1] —— 1
☐ rug[3] —— 64
☐ rugged[5] —— 180

☐ rumble[5] —— 102
☐ sacrifice[4] —— 123
☐ safe[1] —— 131
☐ safeguard[6] —— 131
☐ safety[2] —— 131
☐ sailor[2] —— 76
☐ saint[5] —— 169
☐ salmon[5] —— 28
☐ salute[5] —— 88
☐ salvation[6] —— 188

☐ sample[2] —— 119
☐ sandal[5] —— 63
☐ scan[5] —— 63
☐ scandal[5] —— 63
☐ scar[5] —— 122
☐ scarf[3] —— 122
☐ scatter[3] —— 150
☐ scent[5] —— 56
☐ scratch[4] —— 73
☐ scream[3] —— 71

☐ screw[3] —— 72
☐ scroll[5] —— 72
☐ scrub[3] —— 72
☐ select[2] —— 48
☐ semester[2] —— 9
☐ sensitivity[5] —— 121
☐ sentiment[5] —— 14
☐ sentimental[6] —— 14
☐ serious[2] —— 31
☐ sermon[5] —— 28

☐ set[1] —— 142
☐ setback[6] —— 142
☐ setting[5] —— 142
☐ settle[2] —— 142
☐ settlement[2] —— 142
☐ settler[4] —— 142
☐ shark[1] —— 186
☐ sharp[1] —— 186
☐ sharpen[5] —— 186
☐ shatter[5] —— 150

☐ sheer[6] —— 65
☐ sheriff[5] —— 33
☐ shilling[6] —— 122
☐ shopper[1] —— 24
☐ shortsighted[4] —— 180
☐ shrug[4] —— 64
☐ simple[1] —— 170
☐ sincere[3] —— 101
☐ skeleton[5] —— 86
☐ sketch[4] —— 85

☐ skill[1] —— 58
☐ skilled[2] —— 187
☐ skillful[2] —— 187
☐ slay[5] —— 138
☐ slipper[2] —— 24
☐ slogan[4] —— 139
☐ slope[3] —— 139
☐ sloppy[5] —— 139
☐ slot[6] —— 139
☐ smart[1] —— 148

☐ smog[4] —— 80
☐ smoke[1] —— 80
☐ smuggle[6] —— 80
☐ snap[3] —— 73
☐ snatch[5] —— 73
☐ sneer[6] —— 65
☐ sneeze[4] —— 69
☐ sniff[5] —— 33
☐ soda[1] —— 21
☐ sodium[6] —— 21

- software[4] —— 126
- soil[1] —— 23
- solve[2] —— 88
- sophisticated[6] —— 180
- sovereign[5] —— 182
- sovereignty[6] —— 182
- spark[4] —— 186
- special[1] —— 172
- specialist[5] —— 172
- specialize[6] —— 172

- specialty[6] —— 172
- species[4] —— 172
- specific[3] —— 172
- specify[6] —— 172
- specimen[5] —— 172
- speculate[6] —— 50
- spelling[2] —— 122
- spill[3] —— 58
- spoil[6] —— 23
- sprinkle[3] —— 119

- sprinkler —— 119
- squad[6] —— 69
- square[2] —— 69
- squash[5,6] —— 69
- squat[5] —— 69
- squeeze[3] —— 69
- squirrel[2] —— 69
- stability[6] —— 183
- stable[3] —— 102
- stadium[3] —— 134

- staff[3] —— 33
- stagger[5] —— 59
- stall[5] —— 89
- staple[6] —— 119
- stapler[6] —— 119
- starch[6] —— 91
- starvation[6] —— 188
- status[4] —— 45
- steam[2] —— 71
- steamer[5,6] —— 71

- steel[2] —— 81
- steer[5] —— 65
- steward[5] —— 173
- stiff[3] —— 33
- stimulate[6] —— 50
- stimulation[6] —— 12
- stitch[3] —— 85
- straight[2] —— 173
- straightforward[5] —— 173
- stranger[3] —— 55

- stream[2] —— 71
- stretch[3] —— 85
- stroll[5] —— 72
- stuff[2] —— 33
- stumble[5] —— 102
- stylish[5] —— 40
- subject[2] —— 153
- substitute[5] —— 96
- substitution[6] —— 96
- subway[2] —— 107

- suitable[3] —— 104
- summary[3] —— 28
- summit[3] —— 28
- summon[5] —— 28
- superstitious[6] —— 156
- supper[1] —— 24
- supply[2] —— 166
- survival[3] —— 5
- swamp[5] —— 78
- swan[2] —— 78

- swap[6] —— 78
- switch[3] —— 85
- sympathetic[4] —— 105
- sympathy[4] —— 105
- tag[3] —— 60
- tail[1] —— 76
- tailor[3] —— 76
- tar[5] —— 148
- target[2] —— 148
- tariff[6] —— 33

- tart[5] —— 148
- team[2] —— 71
- technical[3] —— 75
- technician[4] —— 75
- technique[3] —— 75
- technological[4] —— 75
- technology[3] —— 75
- teenage[2] —— 55
- teenager[2] —— 55
- temper[3] —— 170

索
引

索
引

temperament⁶ —— 170
tempest⁶ —— 170
temple² —— 170
temporary³ —— 132
tend³ —— 155
terminate⁶ —— 3
thoughtful⁴ —— 105
timber³ —— 1
toad⁵ —— 111
toast² —— 111

toil⁵ —— 23
toll⁶ —— 72
torch⁵ —— 91
torment⁵ —— 91
torrent⁵ —— 91
torture⁵ —— 91
trademark⁵ —— 186
traditional² —— 96
tramp⁵ —— 78
trample⁵ —— 170

translation⁴ —— 12
trick² —— 93
tricky³ —— 93
trifle⁵ —— 93
trigger⁶ —— 59
trim⁵ —— 93
triple⁵ —— 93
trivial⁶ —— 93
true¹ —— 101
truthful³ —— 101

tug³ —— 64
tumble⁵ —— 102
turmoil⁶ —— 23
twinkle⁴ —— 119
uncover⁶ —— 117
undo⁶ —— 117
undoubtedly⁵ —— 117
unfold⁶ —— 117
unify⁶ —— 163
union³ —— 26

unit¹ —— 163
unite³ —— 163
unity³ —— 163
unlock⁶ —— 117
unpack⁶ —— 117
unselfish¹ —— 117
update⁵ —— 29
upgrade⁶ —— 29
uphold⁶ —— 29
upload⁴ —— 29

upper² —— 24
upright⁵ —— 178
usual² —— 37
valiant⁶ —— 179
valid⁶ —— 179
validity⁶ —— 179
van³ —— 92
vanilla⁶ —— 92
vanish³ —— 92
vanity⁵ —— 92

various³ —— 31
versus⁵ —— 45
victorious⁶ —— 31
violation⁴ —— 12
virtuous⁴ —— 118
virus⁴ —— 45
visual⁴ —— 37
volunteer⁴ —— 65
wag³ —— 60
wagon³ —— 60

ward⁵ —— 173
ware⁵ —— 126
warehouse⁵ —— 126
warm¹ —— 105
waterfall² —— 89
wax³ —— 60
wharf⁴ —— 122
wheel² —— 81
wheelchair⁵ —— 81
whine⁵ —— 112

wicked³ —— 180
widen² —— 147
willing² —— 122
witch⁴ —— 85
wooden² —— 147
woodpecker⁵ —— 19
worthy⁵ —— 118
wrinkle⁴ —— 119
youngster³ —— 9
zipper³ —— 24

2017 年全國高中英文單字大賽

　　每年學測及指考詞彙題的選項，全部出自「高中常用 7000 字」。單字越來越難，是未來考試的趨勢，同學的單字量是致勝關鍵。利用單字比賽的方法激勵同學，將「高中常用 7000 字」一次徹底背好，就能輕鬆應付大學入學考試。

I. 比賽日期： 2017 年 7 月 12 日（週三）　晚上 6：30～8：30

II. 參加資格： 1. 以報名時間為準，所有高中同學，如你現在是高三，考試時你已經畢業，但報名時你是高三同學，也可參加，高中以下同學，可以越級挑戰。也歡迎大陸地區的同學參加。

2. 外籍生、在國外留學 3 年以上，或自學生，或就讀雙語學校者，不得參加此次比賽。

III. 考試範圍：「高中常用 7000 字」（大學入學考試的範圍）

IV. 考試題型： 比照「學測」和「指考」詞彙題的出題方式。

　例： Microscopes are used in medical research labs for studying bacteria or _____ that are too small to be visible to the naked eye. （105 年指考第 1 題）

(A) agencies　　　　　(B) codes

(C) germs　　　　　　(D) indexes

答：(C)

Ⅴ. **收費標準：** 報名費 **200** 元

報名後贈送「劉毅英文」新發明的「**一分鐘背**
9 個單字」。

Ⅵ. **獎勵辦法：** 第 **1** 名獎學金 **10** 萬元，第 2 名獎學金 **2** 萬元，第
3 名獎學金 **1** 萬元，第 4 名獎學金 **5,000** 元，第 5
名獎學金 **2,000** 元，第 6～10 名，獎學金 **1,000**
元，第 11～20 名，獎學金 **500** 元，成績優異同學，
都頒發獎狀一張。如果分數相同，以報名先後順序
決定名次。題目做完，分數最後 10 名，為了鼓勵
你的勇氣，可得精神獎一份。(非劉毅英文在班生
獎金減半)

Ⅶ. **比賽地點：**

① 台北： 台北市許昌街 17 號 6F (捷運 M8 出口對面)

TEL : (02) 2389-5212

② 台中： 台中市三民路三段 125 號 7F (光南文具樓上)

TEL : (04) 2221-8861

Ⅷ. **主辦單位：** 「財團法人台北市一口氣英語教育基金會」

── 我一定要考高分 ──

1. 我下功夫背 7000 字。

2. 不斷看 7000 字範圍內的試題──做錯試題太可怕。

3. 不斷做 7000 字範圍內的試題──做錯試題太可怕。

4. 「一分鐘背 9 個單字」──7000 字背誦法寶。

5. 走路也背、睡覺前也背──快樂無比。

6. 參加「2017 年高中英文單字大賽」──目標明確。

「一分鐘背9個單字」背誦比賽

I. 比賽目的：背「高中常用7000字」是學英文的捷徑，「一分鐘9個單字」是7000字背誦法寶，學會這種方法，單字背得才快。

II. 參加資格：不限年齡、不限學歷，人人可背。一本書只能參加一次，兩本書可參加兩次，一人最多只能參加兩次。

III. 口試辦法：1. 只要將Unit 1中的81個單字，背至1分鐘內，正確無誤，即算通過，錯誤不得超過1個字。

2. 第二次必須在1分鐘內背完81個字外，並須默寫，拼錯不超過1個字，才算通過。

3. 每天最多只能口試2次。

4. 正常速度，Unit 1的81個單字，45秒內就能背完，有心就可以得獎。

IV. 口試時間：每日下午3點至10點，週六、週日照常上班，全年無休，除夕休假一天。

V. 口試地點：台北市許昌街17號6F

TEL：(02) 2389-5212

（捷運台北車站M8出口‧壽德大樓）

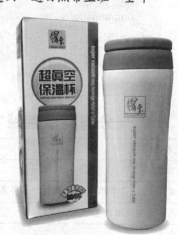

VI. 獎勵辦法：優先背好前100名讀者，可得「鍋寶超真空保溫杯」一個。

「一分鐘背9個單字」比賽口試內容

Unit 1

1. robber
   fiber
   rubber

   chamber
   timber
   cucumber

   lumber
   plumber
   outnumber

2. dominate
   nominate
   nominee

   elite
   eliminate
   terminate

   illuminate
   discriminate
   contaminate

3. rival
   arrival
   festival

   revival
   survival
   carnival

   carnation
   donation
   donate

4. resident
   president
   dissident

   accident
   incident
   confident

   dependent
   independent
   correspondent

5. youngster
   gangster
   cluster

   poster
   semester
   register

   blister
   foster
   newscaster

6. diplomat
   diplomatic
   diplomacy

   diploma
   dilemma
   drama

   comma
   cinema
   asthma

7. violation
   isolation
   consolation

   calculation
   circulation
   congratulations

   translation
   legislation
   stimulation

8. fund
   mental
   fundamental

   experiment
   sentiment
   environment

   experimental
   sentimental
   environmental

9. cell
   cellar
   cello

   cater
   pillar
   caterpillar

   collar
   league
   colleague

「一分鐘背9個單字」超真空保溫杯領獎表

姓　　名		手　機	
地　　址			

教育程度：　□小學　　□國中　　□高中　　□大學　　□研究所

是否為劉毅英文班內生？　　□是　　　□否

得獎感言：

劉毅「一口氣英語」大陸地區授權學校名單

劉毅老師授權給李星梅等校長

學 校 名 稱	省 分	縣 市	學 校 地 址
十堰易思培訓中心	湖北省	十堰市	湖北省十堰市張灣區車城路 28 號 4 樓（張灣區居委會 4 樓）
上海洛基英語	上海市	上海市	上海市松江區松江新城谷陽北路 1500 號永翔大廈 301 洛基英語
上榜教育培訓中心	河南省	鄭州市	金水路文化路東 50 米路南建達大廈 5 樓 508
大山教育	河南省	鄭州市	河南省鄭州市農業南路康寧街向東 200 米路北大山外語
大石橋市騰越英語學校	遼寧省	大石橋市	遼寧省大石橋市城中區騰越英語學校
小百靈文化藝術培訓學校	遼寧省	大連市	大連市開發區紅星海藝術長廊 A 區 7-8
小新星英語	遼寧省	大連市	遼寧省大連市金州區民主街 14 號
山東省菏澤新方向學校	山東省	菏澤市	山東省菏澤市解放街幹休所二樓
天成教育培育學校	湖南省	永州市	湖南省永州市冷水灘區梅灣路濱江文化大廈 2 樓
巴彥淖爾市五原易道教育	內蒙古	古巴彥淖爾市	內蒙古巴彥淖爾市五原縣力華園社區原物業小二樓
手拉手培訓學校	河南省	鄭州市	鄭州市中原區桐柏路市場街交叉口向南 100 米路西中國電信 2 樓
牛津英語學校	遼寧省	朝陽市	遼寧省朝陽市雙塔區遼河街 109-6 牛津英語學校
世紀龍騰教育	河南省	洛陽市	河南省洛陽市澗西區延安路富地國際 B 座 3 樓
東方之子	天津市	河東區	天津市河東區晨陽道和泰興南路交口陽光星期八昕旺小苑 8 號樓 104 室
東方之子外國語學校	山東省	濱州市	山東省濱州市鄒平黃山三路 146 號
蘭州市城關區傲翔英語學校	甘肅省	蘭州市	甘肅省蘭州市城關區南關什字民安大廈 B 塔 25 樓
盧老師英語輔導	浙江省	縉雲縣	浙江省縉雲縣壺鎮鎮解放中街 93 號
寧波樂天英語	浙江省	寧波市	寧波海曙區環城西路南 32 號
平潭仁愛培訓學校	福建省	福州市	福建省福州市平潭縣潭北大鎮北大街 56 號
長春市派森少兒英語	吉林省	長春市	長春市淨月大街 949 號'中信城德芳斯 A2 棟 101（中信城附近）
閻家樂英語培訓學校	河南省	洛陽市	河南省洛陽市瀍河區爽明街 86 號環衛局 3 樓
快樂英鍵國際英語培訓中心	湖北省	恩施縣	湖北省恩施巴東野三關鎮亞星苑 1603

學 校 名 稱	省 分	縣 市	學 校 地 址
弗蕾亞教育	湖南省	長沙市	天心區中信凱旋南岸弗蕾亞教育 13 棟 3101
吉列斯	湖北省	武漢市	漢市漢陽升官渡米蘭小鎮 1 期 1 棟 2 單元 202 室
吉美英語學校	遼寧省	葫蘆島市	遼寧省葫蘆島市連山區遼建興園社區 12-9 樓 1 單元 101 室
學銳教育諮詢有限公司	安徽省	蚌埠市	安徽省蚌埠市塗山東路 1547-1549 號金山花園南門學銳教育
靈感補習	江蘇省	徐州市	江蘇省徐州市邳州市奚仲路靈感補習
學凱教育	陝西省	西安市	西安市長安區老區政府向南 200 米
普菲克教育培訓中心	陝西省	西安市	陝西省西安市西大街祥和樓六層普菲克學校
啓迪教育 (清華優才)	河南省	洛陽市	河南省洛陽市西工區凱旋路 28 號一樓
快樂英語培訓學校	浙江省	桐鄉市	浙江省桐鄉市振興東路 361 號寶鳳大廈 3 樓(芽高斜對面)
步步升數理化培訓中心	河南省	昆明市	河南省漯河市泰山路北段市實驗中學家屬院西單元二樓西
私塾教育	遼寧省	瀋陽市	遼寧省瀋陽市渾南新區渾南中路 9#坤泰新界 14#-1-4-2
學邦教育	山西省	晉城市	山西省晉城市城區金廈銀座 509
昆明一點通教育	雲南省	昆明市	雲南省昆明市晉寧縣昆陽鎮南門月山綜合樓
易道教育	內蒙古	古巴彥淖爾市	內蒙古巴彥淖爾市五原縣力華園社區原物業小二樓
棗莊培根學校	山西省	棗莊市	山東省棗莊市人民公園培根學校
河大權威雅思培訓	河南省	開封市	河南省開封市金明區河南大學新校區創業中心
河大雅思	河南省	鄭州市	河南省開封市河南大學新校區創業中心
莘莘英語學校	河北省	衡水市	河北省衡水市桃城區紅旗大街 792 號
耶魯外語	河南省	開封市	河南開封市二師附小北隔壁耶魯外語二樓
英才培訓學校	山東省	濟寧市	濟寧泗水三發順河街轉盤西二樓
泡泡劇社	河南省	鄭州市	經二路緯二路交叉口
名師堂培訓學校	四川省	瀘州市	四川省瀘州市江陽區佳樂廣場佳樂大廈四樓
益佰教育機構	湖南省	邵陽市	城關二校綜合樓二樓
大拇指英語	安徽省	阜陽市	阜陽市人民東路 124 號,皖北綜合樓四樓,大拇指英語
智易方教育培訓學校幼少兒英語分校	青海省	西寧市	青海西寧城西區五四大街 37 號力盟步行街 1 號樓一層
劍橋英語學校	內蒙古	古巴彥淖爾市	內蒙古巴彥淖爾市五原縣劍橋英語學校
洋學堂英語	河南省	鄭州市	河南鄭州市金水路經二路北 50 米路東中州都會廣場 4 號樓 706
啓航英語教育	河南省	洛陽市	河南省洛陽市澗西區中泰花園 7-1-302
清華優才	河南省	洛陽市	洛陽市西工區凱旋路 78 號 (教育局正對面)
闔家樂英語學校	河南省	洛陽市	洛陽市老城區曉月路予安小區南樓 5-101
種子園	湖北省	武漢市	武漢市武昌區楚天都市花園 C 座 15H
紅領巾藝術學校	湖北省	建始縣	湖北省建始縣水利局 C302
美格斯外語培訓學校	河南省	鄭州市	河南省鄭州市航海東路與第一大街交匯處向北 200 米智庫大廈 202 室

※ 因版面有限,尚有合格講師無法列出。

劉毅「一口氣英語」大陸地區合格講師名單

劉毅老師頒發證書給焦麗校長

學 校 名 稱	學 員 姓 名	省 分	縣 市
ESL 外語培訓	周悦老師	陝西省	西安市
十堰易思培訓中心	吳丹老師、李晶晶老師、何貝老師	湖北省	十堰市
上海洛基英語	趙欣老師、翁祖華老師、韓宏術老師、潘錦標老師、李黎麗老師	上海市	上海市
上榜教育培訓中心	張惠娟老師	河南省	鄭州市
大山教育	楊怡老師、郭姍姍老師、柳彩紅老師	河南省	鄭州市
騰越英語學校	欒蘭K老師、於沐歡老師、陳媛媛老師	遼寧省	大石橋市
小百靈文化藝術培訓學校	劉海丹老師、馬蘭老師	遼寧省	大連市
小新星英語	煞風壞老師、黃娟老師	遼寧省	大連市
菏澤新方向學校	游素梅老師	山東省	菏澤市
天成教育培育學校	周紅老師	湖南省	永州市
濱海新區塘沽匯英教育培訓中心	房明珠老師	天津市	北辰區
巴彥淖爾市五原易道教育	任美紅老師	內蒙古	古巴彥淖爾市
手拉手培訓學校	王莎老師	河南省	鄭州市
牛津英語學校	劉豔英老師	遼寧省	朝陽市
世紀龍騰教育	曹笑笑老師、楚娟老師、田豔琴老師	河南省	洛陽市
東方之子	李梅老師	天津市	河東區
傲翔英語學校	張雅麗老師	甘肅省	蘭州市
盧老師英語輔導	盧志央老師	浙江省	縉雲縣
寧波樂天英語	胡靜飛老師	浙江省	寧波市
平潭仁愛培訓學校	許玲婷老師	福建省	福州市
派森少兒英語	賈曉旭老師、李雲桐老師	吉林省	長春市
閣家樂英語培訓學校	劉靜老師、楊吝麗老師	河南省	洛陽市
吉列斯	張玲老師	湖北省	武漢市
學銳教育諮詢有限公司	羅俊老師、劉曉蓮老師、康慧敏老師	安徽省	蚌埠市
靈感補習	李靜老師	江蘇省	徐州市
學凱教育	趙富庭老師	陝西省	西安市
普菲克教育培訓中心	張簡偉老師	陝西省	西安市
啓迪教育（清華優才）	郭成春老師	河南省	洛陽市
步步升數理化培訓中心	王克平老師	河南省	昆明市
私塾教育	王安晶老師	遼寧省	瀋陽市
學邦教育	閆慧娟老師、趙亨芳老師	山西省	晉城市
一點通教育	胡凱老師	雲南省	昆明市
易道教育	楊星老師	內蒙古	古巴彥淖爾市

學　校　名　稱	學　員　姓　名	省　分	縣　市
棗莊培根學校	李莎老師	山西省	棗莊市
河大權威雅思培訓	熊荔萍老師	河南省	開封市
河大雅思	楊素琴老師	河南省	鄭州市
莘莘英語學校	高琳老師	河北省	衡水市
耶魯外語	孫潔老師	河南省	開封市
英才培訓學校	司彥清老師、餘木枝老師	山東省	濟寧市
泡泡劇社	李穎鑫老師	河南省	鄭州市
泡泡劇社	尹士芳老師	河南省	鄭州市
名師堂培訓學校	周茂老師	四川省	瀘州市
益佰教育機構	米蘭老師	湖南省	邵陽市
大拇指英語	徐靜老師	安徽省	阜陽市
智易方教育培訓學校幼少兒英語分校	郜凌雲老師	青海省	西寧市
劍橋英語學校	陳旭嬌老師	內蒙古	古巴彥淖爾市
洋學堂英語	沈蒙老師	河南省	鄭州市
洛陽啓航英語教育	李豔麗老師	河南省	洛陽市
洛陽清華優才	高瓊雅老師	河南省	洛陽市
種子園	郭歡老師	湖北省	武漢市
紅領巾藝術學校	薛天娓老師	湖北省	建始縣
美格斯外語培訓學校	鄭夢菡老師	河南省	鄭州市
英立教育	楊昊老師	貴州省	畢節市
趙老師外語學校	趙老師	遼寧省	大連市
鄭州市愛諾教育	竇山峰老師	河南省	鄭州市
鄭州陽光教育集團	張佳老師、李囡囡老師、申豔麗老師	河南省	鄭州市
鄭州陽光教育集團	王貝妮老師	河南省	鄭州市
鄭州奇妙教育	劉琳老師、馬利亞老師	河南省	鄭州市
鄭州美思教育	賀素玲老師	河南省	鄭州市
鄭州博雅外語學校	李歌謠老師	河南省	鄭州市
鄭州聯大教育集團	楊兵老師、韓丹老師	河南省	鄭州市
鄭州睿源教育	柴虹老師	河南省	鄭州市
鄭州戴蒙教育	梁春麗老師	河南省	鄭州市
倍爾教育	魏強盛老師	鄭州市	桐柏路
徐州運德教育	關海南老師	江蘇省	邳州市
晉江市麥田教育	劉偉老師	福建省	晉江市
格瑞特教育	丁軍亞老師	河南省	南陽
快樂英語培訓學校	方俞佳老師、陸紅燕老師	浙江省	桐鄉市
科協新希望外語培訓學校	詹俊老師	浙江省	桐鄉市
海博英語	劉敏老師	黑龍江省	哈爾濱市
航程教育培訓學校	賴文靜老師	江蘇省	鹽城市
茉莉教育培訓學校	焦麗老師	河南省	新鄉市
荊州英華外國語	黃婉麗老師	湖北省	荊州市
高唐縣朝陽教育培訓學校	隋豔芝老師、隋雨辰老師、隋雨真、李新春老師	山東省	聊城市
偃師市新建橋外國語學校	徐果果老師	河南省	偃師市
快樂英鍵國際英語培訓中心	王豔萍老師	湖北省	恩施縣
弗蕾亞教育	曾黎萍老師	湖南省	長沙市

※ 因版面有限，尚有授權學校無法列出。